Lea-Lina Oppermann

Fürchtet uns, wir sind
DIE ZUKUNFT

Michi gewidmet

LEA-LINA OPPERMANN

FÜRCHTET UNS, WIR SIND DIE ZUKUNFT

Roman

GULLIVER
von BELTZ & Gelberg

Dieses Buch ist erhältlich als:
ISBN 978-3-407-81298-8 Print
ISBN 978-3-407-75581-0 E-Book (EPUB)
ISBN 978-3-407-75619-0 Audio-Download

Weitere Informationen zu unseren Autor:innen und Titeln
finden Sie unter: www.beltz.de

I
THEO

Ich war achtzehn, als ich anfing, und ich wusste nichts.

Ich erinnere mich noch an die Nachricht, die meine Mutter mir an meinem ersten Tag an der Akademie schickte: »*Heute wirst du zum zweiten Mal geboren. Alles Gute, Theo, der Pianist! Denk dran, das Hemd an den Ärmeln umzuschlagen.*«
So war sie, seit ich denken konnte. Alles war wichtig, nichts durfte dem Zufall überlassen werden. Der Zeitpunkt, wann man aufsteht (6 Uhr 45), genauso wie die Anzahl der Minuten, die ein Ei kocht (sechseinhalb). Die Musik, die man hört (mit voller Aufmerksamkeit!), genauso wie die Art, ein Buch aufzuschlagen (ohne ihm den Rücken zu brechen). »*Wenn du im Kleinen nicht dein Bestes gibst, wirst du niemals groß werden!*«

Ich war schon froh, dass ich es geschafft hatte, halbwegs pünktlich aus dem Haus zu kommen. Jetzt, wo ich allein mit meiner Schildkröte wohnte.
Der Schweiß suppte mir im Nacken, während ich im 8. Stock der Akademie den langen, düsteren Korridor entlanglief. 8.56, ich suchte Raum 8.56.
Durch die angrenzenden Türen konnte ich das Üben der anderen hören: Ein Sänger, der sich abmühte, die hohen Noten zu kriegen, immer wieder dieselbe Stelle. Fingerübungen am Klavier. Tonleitern in einem Wahnsinnstempo.
»*Dozentenraum 8.56*«, las ich endlich auf einem kleinen weißen Schild. »*Prof. Cornelius Goldstein*«.

In der Aufnahmeprüfung vor zwei Monaten waren mir vor Aufregung die Noten aus der Mappe gerutscht, als ich ihn am Prüfungstisch entdeckt hatte. DER GROSSE GOLDSTEIN. Bisher hatte ich ihn bloß von Fotos und Konzert-Videos gekannt.

Ich wäre im Boden versunken – wenn er mir nicht so freundlich zugezwinkert hätte.

Ich freute mich, ihn wiederzusehen, und nahm mir gleichzeitig fest vor, die Noten diesmal nicht fallen zu lassen.

Das Konzert beginnt, dachte ich und klopfte an die Holztür.

Ich horchte, doch in Goldsteins Raum tat sich nichts.

Ich klopfte noch einmal.

Wieder nichts!

Ich schob den verschwitzten Hemdsärmel hoch und schaute auf die Armbanduhr, die mir meine Mutter zum achtzehnten geschenkt hatte. Es war zwei Minuten nach elf.

Vier weitere Tonleitern klangen aus dem Raum gegenüber, bis ich mich dazu durchringen konnte, die Klinke zu drücken – *abgeschlossen!*

Kurz stand ich unschlüssig herum mit meinem blöden Schulrucksack, in dem die Noten steckten, dann hockte ich mich auf den Boden neben die Tür.

Meine vorherigen Lehrer hatten alle enormen Wert auf Pünktlichkeit gelegt. Bei einem hatte ich für jede verspätete Minute eine zusätzliche Etüde als Hausaufgabe üben müssen.

Vermutlich ahnte ich schon da, dass mein kommender Unterricht anders werden würde als aller, den ich bisher erhalten hatte.

ϟ

Eine Viertelstunde später kam ein älterer Mann in grünem Regencape gemächlich den Flur entlanggeraschelt – Cornelius Goldstein.

Von Nahem sah er faltiger aus als auf den Fotos. Aber er trug immer noch den Vollbart und die runde Brille wie auf seinem ersten Konzert. Nur, dass der Bart jetzt grau war.

»Entschuldigen Sie, Theo Sandmann«, sagte er mit seiner warmen Stimme, die ich aus Interviews kannte, »bei meinem Fahrrad ist die Kette rausgesprungen. Wir können heute nur auf den schwarzen Tasten spielen.«

War das ein Scherz? Zur Sicherheit lachte ich ein bisschen.

Herr Goldstein schlüpfte aus seinem staubtrockenen Cape und schloss den Raum auf. »Ich hatte fest damit gerechnet, dass es heute schütten würde, es roch so nach Gewitter … vermutlich ein Wunschtraum. Gewitter sind ein Feuerwerk der Natur – großartig, einfach großartig.«

Er ging hinein und hängte das knisternde Plastikgewand an einen Wandhaken. »Willkommen in Ihrem neuen Reich, Theo Sandmann! Schauen Sie sich gerne um.«

Das Erste, was mir auffiel, war mein eigenes, verdutztes Gesicht, das mir aus einem Spiegel entgegenguckte.

Verdammt, ich hätte mir heute Morgen die Haare besser kämmen sollen ... Vogelnest nannte meine Mutter diese Frisur immer, mal liebevoll, mal tadelnd (meist tadelnd).

Das Zweite, an dem mein Blick hängen blieb, waren die beiden Flügel. Zwei glänzende, schwarze Bechsteins standen nebeneinander auf einem großen, bunten Perserteppich. Noch waren sie zugeklappt.

Ich nahm an dem vorderen der beiden Platz.

»Allem Anschein nach können Sie es kaum erwarten«, lächelte Goldstein.

Ich fuhr mir verlegen durchs Haar. Meine vorherigen Klavierlehrer hatten mich nie gesiezt. Aber die waren ja auch kein Goldstein ...

»Würde es Ihnen etwas ausmachen, wenn wir uns zunächst ein wenig unterhielten?«

Ich schüttelte den Kopf.

»Schön«, sagte Goldstein. »Möchten Sie einen Kaffee dabei?«

Ich schüttelte wieder den Kopf. Ich war bereits wacher als wach.

»Eine weise Entscheidung«, sagte Goldstein. »Die Maschine ist im Moment nämlich besonders unberechenbar. Sie verwechselt manchmal das Reinigungsmittel mit der Milch.« Er setzte sich auf einen Stuhl am Fenster. »Mögen Sie nicht kurz herüberkommen? Keine Sorge, mit den Tasten werden wir uns noch lange genug auseinandersetzen.«

Ich stand vom Klavierhocker auf, lief an den beiden schwarzen Flügeln vorbei und ließ mich nach kurzem Zögern in einen bunt gemusterten Ohrensessel sinken, der am Fenster in der Ecke stand. Ich gab mir Mühe, nicht in dem Plüsch zu verschwinden und kam mir dennoch klein vor.

Herr Goldstein ließ seine blauen Augen auf mir ruhen, als würde er ein Bild betrachten.

»Äh ... toller Sessel«, sagte ich, um die Stille zu durchbrechen.

»Nicht wahr?«, erwiderte Goldstein. »Den habe ich aus der Schauspielabteilung entwendet. Die schleppen ja immer neues Zeug vom Sperrmüll an für ihre Produktionen, und wenn das Stück abgespielt ist, weiß kein Mensch mehr, wohin damit.«

Ich nickte, als hätte ich eine Ahnung von der Schauspielabteilung und ihren Produktionen.

»Manchmal ist ein bisschen kriminelle Energie ganz hilfreich«, sagte er.

Ich lächelte wieder. Ich hasste Smalltalk.

»Aber heute geht es mir eigentlich weniger um den Sessel als um den, der drinsitzt!« Seine Augen schienen mich zu durchleuchten. »Erzählen Sie doch mal, was Sie hierhergeführt hat. Alles, was ich über Sie weiß, ist, dass Sie uns mit Ihrem Vorspiel so mächtig beeindruckt haben, dass wir Sie gerne weiter ausbilden möchten.«

»Dafür bin ich sehr dankbar«, erwiderte ich höflich.

»Ach was«, sagte Goldstein, »das ist doch unser Job als Akademie. Erzählen Sie was über sich! Wie kommen Sie zum Klavier? Haben Ihre Eltern Sie hingeführt?«

»Nicht ganz«, antwortete ich stockend. »Meine Eltern waren Tänzer. Am Ballett. Beide. Ich komme aus einer Tanzfamilie.«

»Wie interessant«, sagte Goldstein. »Sind Ihre Eltern denn noch aktiv? Kann man sie noch auf der Bühne sehen?«

»Mein Vater war ein großer Künstler«, erwiderte ich. »Aber er starb bei einem Verkehrsunfall, als ich fünf war. Und meine Mutter hat kurz darauf aufgehört. Sie hat versucht, mir das Tanzen zu vermitteln, aber ich bin absolut unfähig. Ich kann nur dazu spielen.«

»Das ›nur‹ überhöre ich mal«, sagte Goldstein. »Das ist ja eine außergewöhnliche Geschichte! Dann sind Sie vermutlich mit viel Musik aufgewachsen, nehme ich an?«

Ich nickte.

»Und jetzt wollen Sie mit der Musik auch DIE ZUKUNFT gestalten?«

»Ja.« Ich wusste nicht, warum ich auf einmal so klein klang, als ich das sagte. Vielleicht, weil das Wort *Musik* so wenig in mir auslöste. Ich hatte es zu oft gehört in meinem Leben. *ZUKUNFT* dagegen klang neu und abenteuerlich, viel abenteuerlicher als die ständige Fleißarbeit am Klavier.

Herr Goldstein sah mich lange und rätselhaft an. »Ich freue mich, mit Ihnen arbeiten zu dürfen«, sagte er dann. »Bevor wir anfangen: Gibt es noch etwas, das Sie über mich wissen wollen?«

»Warum geben Sie keine Konzerte mehr?« Die Frage war mir herausgerutscht, ohne dass ich nachgedacht hatte.

Zu meiner Erleichterung sah er nicht beleidigt aus. Im Gegenteil. Sein Gesicht wirkte jetzt noch freundlicher als ohnehin. »Ich habe genug Konzerte gegeben«, sagte er. »Genug für ein Menschenleben. Irgendwann hatte ich den Eindruck, dass sich alles wiederholt – die Flughäfen, die Hotels, die Interviews ... Ich wurde müder und müder. Bis ich beschloss, dass sich etwas ändern musste.« Nachdenklich sah er nach draußen. Es fing jetzt doch an zu regnen. Ein dicktropfiger Sommerregen.

»Alle Kollegen haben mich für verrückt erklärt, als ich meine Konzertkarriere mittendrin an den Nagel hängte und hier anfing. Mir war das schnurz. Ich habe es nie bereut.«

»Aber das Unterrichten ...«, ich riss mich von dem Anblick der Tropfen an der Scheibe los. »Wiederholt sich das nicht genauso?«

»Nein«, sagte er. »Weil jeder Schüler anders ist. So wie Sie, Theo Sandmann, spielt sonst niemand. Man muss nur genau hinhören ...« Er sprang auf. »Womit wir eigentlich eine gute Überleitung hätten zu Ihrem ersten Spiel, oder?« Schwungvoll klappte er den Flügel auf.

»Spielen Sie mir doch bitte etwas vor. Jetzt dürfen Sie ran.«

Ich stand auf und ging hinüber zu den beiden Flügeln. In dem kleinen Raum erschienen sie mir unfassbar riesig ... Bisher hatte ich nur in großen Räumen auf so guten Flügeln gespielt, vor allem bei Wettbewerben. Und diese beiden hier waren ganz offensichtlich erstklassig.

Ich nahm am linken der beiden schwarzen Bechsteins Platz, zögerte aber noch, den Tastendeckel zu öffnen.

Irgendwas an der Atmosphäre hatte sich verändert. Irgendwie war jetzt mehr ... Bedeutung im Raum. Ich griff nach meinem Rucksack.

»Fühlen Sie sich sicherer mit Noten?«, fragte Herr Goldstein.

Ich nickte.

»Dann spielen Sie heute bitte ohne.«

Ich starrte ihn an. »Ich kann aber gerade nichts auswendig.«

»Spielen Sie irgendwas. Es muss nichts Schweres oder Außergewöhnliches sein.«

»Ich kann leider nicht ...«

»Bitte denken Sie erst nach, bevor Sie aufgeben.«

Ich öffnete den Deckel. Legte vorsichtig die Hände auf die Tasten. Dachte nach. Ließ sie wieder sinken. »Mir fällt nichts ein.«

»Wirklich nicht? Sie haben alle Zeit der Welt«, sagte Goldstein ruhig.

Ich hätte weinen können. So hatte ich mir meine erste Stunde nicht vorgestellt. Ich schluckte. »Es tut mir leid. Aber auswendig kann ich heute einfach nicht.«

»Zumindest erscheint Ihnen das so.«

Ich nickte. »Es tut mir leid.«

»Sie müssen sich nicht entschuldigen«, winkte Goldstein ab.

Ich kramte erneut nach meinen Noten.

»Lassen Sie die bitte eingepackt, bis ich Ihnen etwas anderes sage«, sagte Goldstein bestimmt.

»Aber ich kann doch nicht ohne!«

»Sie haben gesagt, Ihnen fällt nichts ein, das ist etwas völlig anderes.« Er stand auf und ging wie in Gedanken versunken im Raum auf und ab. »Haben Ihnen Ihre Eltern als Kind manchmal vorgesungen?«, fragte er.

»Äh … ja, warum?«

»Ich möchte Ihnen ein wenig auf die Sprünge helfen. Welche Melodien haben Ihre Eltern Ihnen vorgesungen?«

»Äh, ich glaube …«, ich lächelte unsicher, »*Der Mond ist aufgegangen.*«

»*Der Mond ist aufgegangen*«, wiederholte Goldstein, als hörte er den Titel zum ersten Mal. »Eine fantastische Idee! Bitte spielen Sie mir *Der Mond ist aufgegangen.*«

»Aber ich weiß doch gar nicht …«

»Nicht aufgeben. Anfangen!«

Ich sah ihn an. Es lagen weder Tadel noch Strenge in seinem Blick. Bloß Neugier.

Also fing ich an, die Melodie einstimmig mit der rechten Hand zu spielen.

Es klang nicht nach Theo dem Pianisten. Ehrlich gesagt klang es mehr nach Theo dem Fünfjährigen, der auf seinem ersten Klavier herumklimperte. Es hörte sich furchtbar dünn und langweilig an und zu allem Überfluss verspielte ich mich sogar einmal.

»Ist etwas nicht in Ordnung?«, fragte Goldstein.

»Alles gut«, versicherte ich, »es ist nur … Ich komme mir so … schlecht vor.«

»Natürlich«, Goldstein seufzte. »Das war ja auch schlecht.

Oder vielleicht war es auch genial. Wer kann das schon wissen? Wer entscheidet, was gut ist? Am Ende zählt nur, mit welchem Gefühl die Zuhörer nach Hause gehen. Das entscheidet nämlich darüber, ob sie wiederkommen werden.« Er setzte sich auf den Klavierhocker neben mich. »Nachdem Sie sich jetzt ein wenig orientiert haben, spielen Sie es noch einmal. Vergessen Sie das Wort »schlecht«. Das Einzige, was zählt, ist, dass Sie genießen, was Sie da spielen. Es ist Ihr Lied, Sie haben es geschrieben.«

»Okay.« Ich schloss die Augen und spielte ein Lied über den Mond, spielte es so, als kenne es noch niemand, als wäre jeder Ton darin ganz neu für die Welt. Mir fiel auf, wie gut die Akustik des Raumes war. Der Teppich schluckte einen Großteil des Nachklangs und auch von den Wänden kam kaum Hall zurück. Fast wie in einem Tonstudio.

Blind lauschend und in mich selbst versunken tastete ich nach den Tönen, und war selbst überrascht davon, wie meine Finger immer die richtigen fanden.

Ich öffnete die Augen und merkte, dass Goldstein seine immer noch geschlossen hielt. Die Falten in seinem Gesicht schienen weniger geworden zu sein. Er sah gelöst aus. Nicht als würde er schlafen – eher, als würde er beten. Oder an eine verflossene Geliebte denken ...

»Vielen Dank«, sagte er, als er die Augen aufschlug. Er erhob sich und ging zum Fenster, durch das die warme morgendliche Sommersonne hineinstrahlte. »Und jetzt singen Sie mich in den Schlaf.«

Ich starrte ihn entgeistert an.

»Was, meinen Sie, ist die Königin der Instrumente?«, fragte er.

Ich überlegte. »Ich weiß es nicht.«

»Natürlich DIE STIMME!«, donnerte Herr Goldstein, dass der Flügel bebte. »Mit jedem Instrument versuchen wir letztlich an die menschliche Stimme heranzukommen. Kein anderes Instrument ist emotionaler. Spielen Sie, als würden Sie mich in den Schlaf singen.«

Er ließ sich im Ohrensessel nieder. »Beginnen Sie, wann immer Sie möchten. Wir haben Zeit.« Er schloss die Augen. Wieder bekam sein Gesicht diesen gelösten und gleichzeitig hochkonzentrierten Ausdruck.

Auf einmal hatte ich wieder die Stimme meines Vaters im Ohr. Er sang ganz rau und leise, während er mit seinen Fingern den Takt auf meinen Arm klopfte.

»Langsamer bitte.«

Ich wiederholte die Tonabfolge, etwas gemäßigter diesmal. Ich hatte seit Monaten keine so simple Melodie gespielt, aber das war auf einmal egal.

»Noch langsamer. Hören Sie sich zu beim Spielen!«

Ich spielte noch langsamer und lauschte dabei so konzentriert auf die Melodie, als wäre sie eine Zauberformel. Aus irgendeinem Grund kamen mir dabei fast die Tränen, aus Anstrengung? Nein, es war eher umgekehrt ... aus Erleichterung. Weil es plötzlich *nicht mehr anstrengend* war. Ich musste gar nicht gut spielen, nur aufmerksam zuhören – hey, das war neu!

»Das Beste an der Musik steht nicht in den Noten«, lächelte Goldstein. »Ich danke Ihnen. Sie haben einen interessanten Anschlag. Ihre Finger gehen sehr sorgsam mit den Tasten um. Vielleicht sind Sie doch kein so schlechter Tänzer, wie Sie meinen.«

Ich lachte und zum ersten Mal an diesem Tag war es ein ganz echtes, befreites Lachen.

Goldstein lächelte. »Ich habe Sie genug gequält. Sie dürfen jetzt Ihre Noten herausholen.«

ך

Als ich zurück in den Flur trat, war es, als hätte ich eine neue Welt entdeckt. Es war, als würde das Singen und Schwingen der Töne aus den anderen Räumen mich auf der Haut berühren, so sehr waren meine Sinne geschärft. Als hätte mir jemand nach Jahrzehnten endlich die Ohropax aus den Ohren gezogen und dazu auch noch einen Bleikittel abgenommen. Ich schwebte. Ich lauschte und schwebte. Fast so, als sei ich selbst ein Ton, und das war ich ja auch – meine Füße klackten auf den Boden, meine Hosenbeine raschelten und mein Atem strömte ein und aus.

Seit ich krabbeln konnte, hatten meine Eltern mich mit zu ihren Proben genommen. Musik war für mich so normal wie Duschen und Zähneputzen. Nicht mal einschlafen konnte ich, ohne dabei irgendein Stück zu hören (vielleicht träumte ich deshalb so wild).

Und trotzdem hatte ich das Gefühl, erst jetzt wirklich *zu hören*.

Ich kam ins Treppenhaus und ließ meine Hand beim Gehen über das Geländer rutschen. Es quietschte – erst leise, dann laut, dann noch lauter, und ich meinte, die Intervalle zu erkennen. Eine Terz Unterschied zwischen dem Quietschen des Geländers auf gerader Strecke und dem Quietschen in der Kurve.

Dieser merkwürdige Herr Goldstein mit seiner runden Brille ... »Können Sie sich vorstellen, in dieser Art und Weise weiter mit mir zu arbeiten?«, hatte er mich am Ende des Unterrichts gefragt.

»Ja, ja, unbedingt!«, hatte ich gestammelt. Das Wort *Arbeiten* erschien mir jedoch völlig unpassend als Beschreibung der letzten anderthalb Stunden. Sie kamen mir eher wie ein Spiel vor, eines mit erheblicher Suchtgefahr. *Wenn das Arbeit ist, dann möchte ich niemals Wochenende haben,* dachte ich.

Fettgeruch stieg mir in die Nase, als ich die Eingangshalle erreichte. Ich folgte den anderen Studenten um mich herum in die Mensa. Keinen davon erkannte ich vom Vorspiel wieder. Gesichter kann ich mir ganz schwer merken, Stimmen oder Lachen dagegen sofort.

Ich nahm mir ein Tablett und reihte mich ein. Der Lärm in der Mensa war brutal. Drei Frauen an der Theke stritten auf Russisch miteinander, während sie Kartoffelbrei auf Teller klatschten. Aus der angrenzenden Küche dröhnte eine Abzugshaube. Die beiden Studentinnen vor mir kicherten so laut und hoch, wie es wohl nur ausgebildete Sopransängerinnen tun.

Ich hätte gern meine Geräusche dimmenden Kopfhörer aufgesetzt. Aber meine Mutter hatte mir gestern Abend am Telefon eingeschärft, ich sollte unbedingt neue Leute kennenlernen.

»Karte auflegen«, blaffte mich die Kassiererin an.

»Äh ... wie bitte?«

»Bist neu?«, fragte sie, »Hast Ausweis?«

»Nein«, sagte ich. »Also doch, ich bin neu. Aber ich habe noch keinen Ausweis.«

»Brauchst Ausweis, um zu bezahlen«, schnarrte sie. »Hat man dir nicht gesagt?«

»Schon, dass ich den Ausweis abholen soll, aber ich wusste nicht, dass ich ihn zum Bezahlen brauche.«

»Brauchst du aber.«

Ein asiatisches Mädchen, das hinter mir wartete, mischte sich ein: »Komm, ich zahl für dich!« Ihre Stimme war wie ein Kinderlied. Sie legte ihren Ausweis auf das Lesegerät – es blinkte und die Kassiererin nickte mir zu. »Brauchst Ausweis«, sagte sie noch mal nachdrücklich.

»Ich werde ihn gleich nach dem Essen abholen«, versprach ich und machte, dass ich wegkam.

»Besteck gibt's da drüben«, sagte das asiatische Mädchen von eben.

Geblendet von dem Licht der Glasfront, das in die Mensa knallte, folgte ich ihr. »Danke für die Hilfe.« Ich beschloss, mir ihre Stimme einzuprägen.

Scheppernd packten wir uns Besteck auf die Tabletts.

»Und welches Instrument bist du?«, fragte sie. »Ich merk dir doch an, dass du kein Schauspieler bist«, sie grinste mich an.

»Woran erkennst du das?«

»Schauspieler sind nicht so leicht aus der Fassung zu bringen, nicht mal von Sonja.«

»Sonja?«

»Die Frau an der Kasse. Sie ist eigentlich ganz lieb.«

»Wenn das lieb war, möchte ich sie lieber nicht mit Migräne erleben ...«

Das Mädchen lachte. »Guter Satz! Vielleicht bist du doch Schauspieler.«

»Nein, ich studiere Klavier.«

»Ich verstehe.« Sie zeigte auf eine Tischreihe oben im ersten Stock, von der aus man nach unten zu den anderen sehen konnte. »Die Pianisten sitzen normalerweise da oben. Da findest du bestimmt deine Semesterkollegen. Kennst du die schon?«

»Nur vom Warten aufs Vorspielen. Wir haben noch nicht gesprochen.«

»Das wundert mich nicht.«

»Warum?«

Sie lachte wieder. »Du hast eine Menge Fragen ... Ich bin Tofu«, stellte sie sich vor. »Das ist nicht mein echter Name, aber so nennen mich alle und ich hab mich dran gewöhnt. Weil ich Chinesin bin und Veganerin ... Na ja. Ich studiere elementare Musikpädagogik mit Schwerpunkt Geige. Kurz EMP. Das EMP könnte aber auch stehen für *Eine Menge Plackerei*. Ich hab ziemlich Hunger, weil ich den ganzen Vormittag damit verbracht hab, eine Klangreise mit Sechsjährigen zu unternehmen. Mit Triangeln. Kannst du dir vorstellen, wie es klingt, wenn zwanzig Knirpse gleichzeitig auf ihre Triangeln hauen? Ich muss jedenfalls dringend was essen. Und ich rede immer zu viel.«

»Ich rede eher zu wenig«, antwortete ich.

»Na, das passt ja.«

»Kommst du mit mir nach oben zum Essen?«

»Zu den Pianisten? Sehe ich aus, als wär ich lebensmüde?!« Sie tätschelte mir die Schulter. »Du bist noch neu, du bist in Ordnung. Aber die meisten Leute hier betrachten uns EMPler als gescheiterte Musiker. Besonders die ...«, sie rollte mit den Augen, »*angehenden Konzertpianisten. Das kann ich grade wirklich nicht gebrauchen.*« Sie zeigte zu einem Gruppentisch am Fenster. »Aber an unseren Tisch bist du jederzeit eingeladen.« Sie überlegte kurz. »Ich empfehle dir allerdings, heute besser erst mal mit deinen Kollegen zu essen. Es sei denn, du willst schon von Anfang an der Außenseiter sein.«

»Ich hab nichts dagegen, der Außenseiter zu sein.«

Sie sah mich von der Seite an. »Mumm hast du jedenfalls! Ich rate es dir trotzdem. Das ist ein Haifischbecken hier. Wenn du die anderen erst mal kennengelernt hast, kannst du ja immer noch zu uns kommen.«

»Vielen Dank.«

»Wie heißt du eigentlich?«

»Theo Sandmann.«

»*Tofu und Sandmann!* Wir sollten irgendwann Konzerte zusammen geben.«

Ich nickte. »Gerne.«

Sie lachte und tätschelte mir schon wieder die Schulter. »Also guten Appetit, Sandmann! Lass dir dein Essen nicht verderben.«

»Guten Appetit!«

Sie verschwand in Richtung des Gruppentisches am Fenster, von dem die anderen alle zu mir herüberstarrten.

Ich machte mich schnell mit meinem Tablett auf ins Treppenhaus. Das mit dem Leute Kennenlernen ging einfacher als gedacht!

7

Die Treppe rauf auf der Empore standen deutlich weniger Tische. Einer davon war ein laut klackernder Tischkicker, an den anderen saßen mehrere kleinere Gruppen verteilt. Ich war überrascht, wie normal alle aussahen. Irgendwie hatte ich mir die Akademie mehr wie eine Art Zauberschule vorgestellt.

Auf einem der vorderen Tische entdeckte ich einen Klavierband von Debussy, den ich gut kannte, also steuerte ich darauf zu.

»Hier ist schon belegt«, sagte ein zierliches, blondes Mädchen, gerade als ich mich setzen wollte. »Derek kommt gleich.«

Ich ließ also einen Platz frei und setzte mich auf den Stuhl daneben. Das Mädchen war die reinste Elfe. Sie trug ein hellblaues Kleid und hatte sich das Haar zu zwei langen, fast weißen Zöpfen gebunden. Es fiel nicht besonders schwer, sie sich in Tüll gekleidet an einem großen, weißen Flügel vorzustellen.

Ein Mädchen und ein Junge mir gegenüber unterhielten sich lebhaft auf Japanisch. (Allerdings nicht miteinander, sondern mit ihren iPhones.)

»Ich heiße Theo«, sagte ich.

Das Mädchen schien kurz zu überlegen, ob sie mir ihren

Namen wirklich anvertrauen sollte. »Michelle Günther-Laurent«, sagte sie schließlich und fügte hinzu: »Ich bin zweisprachig aufgewachsen.«

»Toll«, sagte ich und griff nach meinem Löffel.

Wäre ich nicht so ausgehungert gewesen, hätte ich wahrscheinlich auf den Eintopf verzichtet. Auf der Oberfläche hatte sich inzwischen eine graugrüne Haut gebildet. Die Suppe war kalt und schmeckte nach Salz, Bohnen und Möhrenmus. Beim dritten Löffel hatte ich auf einmal einen Brocken unaufgelösten Brühwürfel im Mund. Ich versuchte ihn runterzuschlucken, aber das Zeug blieb mir am Gaumen kleben. Ich unterdrückte ein Würgen.

»Geht's?«, fragte mich Michelle.

Ich nickte stumm, wartete kurz, bis sie nicht mehr hinsah, und beugte mich dann schnell über die Schüssel, um auszuspucken.

Michelle senkte den Blick, verzog ganz leicht den Mund und schob mir eine Papierserviette herüber.

»Danke.« Mit rotem Kopf griff ich nach meiner Trinkflasche. »Und ... äh ... wie heißt ihr?«, fragte ich die beiden mir gegenüber.

Sie schienen mich nicht mal zu hören.

Michelles Gesicht hellte sich blitzartig auf, als ein großer Typ mit braunen Rastalocken dazukam. Er trug ein silbernes, hochgekrempeltes Hemd und es brauchte nicht viel Fantasie, um ihn auf einem Albumcover zu sehen.

»Derek!«, rief sie mit Glöckchenstimme.

Er ließ sich auf den freien Stuhl fallen. »Hab den Weg nicht gleich gefunden. Ist ganz schön verwirrend hier ...«

Ich nickte zustimmend.

»Bist du der Dritte?«, wandte sich der Typ an mich.

»Der Dritte?«

»Na, der Dritte, den sie dieses Jahr für Klavier angenommen haben.«

»Ich glaube schon. Ich bin Theo.«

»Komisch, du warst heute früh gar nicht dabei, als wir die Ausweise abgeholt haben«, sagte Michelle.

»Ich hatte Einzelunterricht.«

Michelles Augen wurden groß. »Du hattest schon Einzelunterricht?«

»Ja.«

»Bei wem?« Auf einmal schien sie mich nicht mehr ganz so eklig zu finden.

»Herr Goldstein.«

»Goldstein!«, sagte sie ehrfürchtig. »Den hätt ich auch gern gehabt ...«

Derek pfiff durch die Zähne. »Nicht schlecht! Der nimmt jedes Jahr nur einen.«

Ich schaute in meine Suppe.

»Na, und wie ist er?«, hakte Derek nach.

»Gut.«

»Was hast du gespielt?«, fragte Michelle.

Ich dachte kurz nach. »Ein Stück über ... den Mond.«

»Du meinst die *Clair de lune* von Debussy, oder?«, fragte das Mädchen. »Die hab ich mit acht gespielt. Meine Mutter ist Französin. Sie war auch schon Pianistin. Ich bin zweisprachig aufgewachsen.«

»Cool«, sagte Derek. »Ich liebe die *Clair de lune*.«

Ich merkte, dass ich keine Lust hatte, den beiden mehr über die Stunde zu erzählen, aber ein anderes Thema fiel mir auch nicht ein. »Die Suppe ist ziemlich salzig«, sagte ich nach einer kurzen Pause (bloß um irgendetwas zu sagen; denn um neue Leute kennenzulernen, musste man etwas sagen).

Die beiden Asiaten mir gegenüber standen auf.

»Die sieht ehrlich gesagt auch nicht besonders gut aus«, sagte Derek mit Blick auf meine Schüssel.

»Wisst ihr, wo man die Ausweise herbekommt?«, lenkte ich ihn ab.

Michelle erklärte es mir. »Ich würde aber erst noch mal zur Toilette gehen«, sagte sie am Schluss. »Dir klebt noch Kartoffel am Kinn.«

»Ich bin mal gespannt. Frau Leis soll ja besonders anspruchsvoll sein«, sagte Michelle gerade zu irgendwem, den ich nicht kannte, als ich mit dem Ausweis in der Tasche zur nächsten Unterrichtsstunde kam. Gehörbildung bei Hannelore Leis. (Ja, sie hieß wirklich so.)

Erst hatte ich es mir langweilig vorgestellt, stundenlang rumzusitzen und Noten diktiert zu bekommen, aber jetzt, nach der Stunde bei Herrn Goldstein, konnte ich es kaum erwarten. Mein Hörsinn kam mir viel schärfer vor, als noch beim Vorspiel, und ich brannte darauf, ihn auszutesten.

»Hast du deinen Ausweis bekommen?«, erkundigte sich Michelle bei mir, als sie mich in der Tür entdeckte.

»Ja, danke für die Beschreibung«, sagte ich und hielt nach den anderen Erstsemestern Ausschau.

Gehörbildung war ein fachübergreifender Unterricht, was hieß, wir würden mit den anderen Studiengängen zusammen Unterricht haben. Frau Leis schien noch nicht da zu sein, aber es war auch noch fünf Minuten zu früh.

»Derek kommt gleich«, sagte Michelle, als ich mich nach einem Platz umsah.

»Okay«, nickte ich, ließ den Stuhl neben ihr frei und setzte mich allein an einen Tisch.

Nach und nach kamen die anderen dazu. Viele sahen älter aus als ich. Manche unterhielten sich in Sprachen, die ich nicht verstand. Ich zupfte nervös an meinem Hemd herum.

»Frei?«, fragte mich ein schwarzhaariger Typ mit schattigen Augen und zeigte auf den Platz neben mir.

Ich nickte.

»Blockflöte?«, fragte er mich.

Ich schüttelte den Kopf. »Klavier. Und du?«

»Gitarre.«

Wir schwiegen und warteten, während die Mittagssonne in den schmalen Raum strahlte. Ich überlegte, ob ich ihn etwas fragen sollte, etwas, was nicht mit Blockflöten zu tun hatte, aber mir fiel nichts ein.

»Mann, diese Hitze hier drinnen ...«, sagte er nach einer Weile und schlüpfte einfach so aus seinem zerschlissenen T-Shirt.

Ich fragte mich, warum er das tat. Sein Oberkörper war keineswegs muskelbepackt; ich hatte nicht den Eindruck, dass er angeben wollte.

Michelle schaute pikiert.

Vielleicht tat er es nur deshalb, um zu provozieren.

Zu dem Zeitpunkt hatte ich noch keine Ahnung, dass er Raúl hieß. Und nicht um alles in der Welt hätte ich mir vorstellen können, dass er und ich noch im selben Sommer mit einem geklauten Tesla durch die nächtliche Stadt heizen würden.

Nein, ich wusste wirklich noch nichts.

Um Punkt fünfzehn Uhr trat Frau Leis in den Raum.

Augenblicklich erstarben alle Gespräche.

Frau Leis war knapp zwei Meter groß und noch dünner als Michelle. Ihre Augen waren schiefergrau und von tausenden winzigen Fältchen umgeben. Ein bisschen erinnerten sie mich an die Äuglein meiner Landschildkröte Panzer.

»Guten Tag«, sagte sie. Obwohl ihre Stimme nicht kräftig war, schwang darin etwas mit, das einem sagte, es sei besser, ihr genau zuzuhören.

Raúl beeilte sich, zurück in sein T-Shirt zu kommen.

»Dies ist das einzige Mal«, sagte sie, »dass ich Sie nachmittags unterrichte. Ich werde mit der Verwaltung sprechen, da scheint ein Fehler unterlaufen zu sein. Ab nächster Woche sitzen Sie morgens um sieben Uhr dreißig vor mir. Morgens ist das Gehör erwiesenermaßen am besten. Ich nehme an, Sie haben kein Notenpapier dabei?«

Die meisten schüttelten die Köpfe. Michelle zog ein Heft hervor und riss für Derek ein paar Seiten heraus.

»Sparen Sie sich die Mühe«, sagte Frau Leis. »Ich habe Ihnen für heute Blätter mitgebracht.« Sie lief mit langen Schritten durch den Raum und legte jedem ein Blatt vor die Nase. »Ich persönlich halte diese Stunde heute für Zeitverschwendung. Es ist zu spät und Sie sind alle viel zu ... erhitzt ...«, sie sendete einen stechenden Blick an meinen Sitznachbarn, »um sich einer so konzentrierten Tätigkeit wie dem Hören zu widmen. Doch sei's drum. Wir leisten eben trotzdem unser Bestes. Wie immer.«

Sie drehte sich auf dem Absatz herum und hackte mit ihren langen Fingern auf eine Stereoanlage ein. »Ich werde Ihnen gleich einen vierstimmigen Choral vorspielen. Jeweils vier Takte auf einmal, vier Mal hintereinander. *Theoretisch* können Sie also bei jedem Durchgang eine Stimme notieren. Ich bezweifle, dass es Ihnen gelingen wird. Wie gesagt, die Voraussetzungen sind denkbar schlecht. Wenn Sie nicht alle

Töne erkennen, notieren Sie eben nur die, die Sie heraushören.«

Sie ließ ihren Blick über die Reihen schweifen und es kam mir so vor, als scannte sie dabei jeden einzelnen Schweißtropfen.

»Machen Sie es sich nicht noch schwerer, indem Sie während des Vorspielens rascheln oder schwatzen«, fügte sie hinzu. »Keine Toilettengänge. Keine Trinkflaschen. Husten ist erlaubt, sobald ernsthafte Erstickungsgefahr besteht.«

Raúl warf mir einen gequälten Blick zu und tat so, als würde er keine Luft mehr bekommen.

Ich musste lächeln.

Frau Leis lief mit einem einzigen langen Schritt zurück zur Anlage und startete den Choral.

»*Warum betrübst du dich, mein Herz ...*«, erklang es in getragener Stimmung aus den Lautsprechern.

Mein Sitznachbar grinste.

»Feixen Sie nur«, entgegnete Frau Leis spitz, »das ist eine Bach-Kantate. Die werden Sie in den nächsten Jahren noch einige Male zu hören bekommen. Ganz gleich, welches Instrument Sie studieren.«

Sie stoppte die Aufnahme. »Ich werde Ihnen jetzt vier Mal die ersten vier Takte vorspielen. Ich empfehle Ihnen, sich vor jedem Durchgang eine andere Stimme vorzunehmen. Viel Erfolg.«

Sie schien schon auf *Play* drücken zu wollen, hielt dann aber inne und wandte sich erneut uns zu. »Ach ja«, sagte sie, »schlechte Voraussetzungen hin oder her, die Blätter werden eingesammelt. Ich möchte wissen, auf welchem Stand Sie sind. Mit Namen bitte.«

Ängstliche Blicke wurden getauscht, doch Frau Leis drückte auf den Knopf, bevor Gemurmel entstehen konnte.

»*Warum betrübst du dich, mein Herz* ...«, erscholl es erneut und die Köpfe hingen über den Papieren.

Ich kritzelte, ohne nachzudenken, den groben Verlauf der Bassstimme.

»Zweiter Durchlauf«, sagte Frau Leis und mein Sitznachbar stöhnte.

Ich schloss die Augen. Michelles quietschender Fineliner irritierte mich. Aber irgendwie formte sich auch die Stimme des Soprans in meinem Kopf zu einer bewegten Linie.

»Dritter Durchlauf«, kündigte Frau Leis an und wieder wurde es mucksmäuschenstill.

Erschrocken bemerkte ich, wie sehr mir das Herz schlug. Klar, es war nur eine Übung, aber irgendwie hatte es auch etwas von einer Jagd. Die Jagd nach den richtigen Tönen – ein Räuspern genügte und man hatte sie verscheucht.

Ich notierte die neu erhaschten Töne und orientierte mich dabei an dem, was ich bereits erlegt hatte. Jetzt nur noch eine weitere Stimmlage.

Ich schloss die Augen, um besser lauschen zu können.

»*Warum betrübst du dich, mein Herz* ...«, klang es erneut, doch auf einmal musste ich an den Brühwürfel denken, den ich beim Mittagessen zurück in die Suppe gespuckt hatte. Ausgerechnet am ersten Tag!

»Die nächsten vier Takte!«, kündigte Frau Leis an.

Ich atmete ein und aus.

»Entspann dich, es ist nur ein Spiel«, flüsterte mir mein Sitznachbar zu und fing sich dafür einen bohrenden Blick von Frau Leis ein, der mich erneut ablenkte.

»Zweiter Durchlauf!«

Ich begann, diesen Choral zu hassen. Dieses verdammte Herze, was kümmerte es mich, ob es betrübt war. Sollte es sich halt mal zusammenreißen!

Mein Atem wurde flacher, ich geriet mehr und mehr in Panik.

»Ab jetzt wird es etwas schneller«, warnte Frau Leis.

Ich wankte aus dem Zimmer, als hätte ich drei Stunden Hochleistungssport in einer Sauna hinter mir.

Und irgendwie hatte ich das ja auch.

Mein hektisch bekritzeltes Notenblatt hätte ich am liebsten einfach verschwinden lassen, doch Frau Leis ließ sich kein einziges Papier entgehen.

Auf die Originalnotation des Chorals, die wir im Austausch für unsere Aufzeichnung erhalten hatten, warf ich nicht einmal einen Blick. Ich wollte Stille und sonst nichts. Immerhin sahen die anderen auch nicht viel zufriedener aus.

»Ich hätte Frau Leis so gern gezeigt, dass ich es besser kann«, nörgelte Michelle. »Es lag an der stickigen Luft da oben!«

»Du hast es bestimmt trotzdem gut hingekriegt«, beruhigte sie Derek. »Ich hab doch gesehen, dass du die ganze Zeit geschrieben hast.«

»Ja, aber wenn es nicht so heiß gewesen wäre, hätte ich es besser gemacht. Ich hätte beinahe einen Hitzschlag bekommen!«

»Kommt ihr heute Abend zur Eröffnungsgala?«, fragte Derek.

»Weiß ich noch nicht«, gab ich zurück.

»Die ist doch Pflichtveranstaltung!«, erinnerte mich Michelle. »Außerdem hält Werner Stenzel eine Rede. Den kennst du doch hoffentlich.«

»Ja klar«, log ich. »Dann komme ich wohl.«

»Zwanzig Uhr im Konzertsaal«, sagte Michelle. »Ich glaub, ich gehe jetzt noch mal die Originalnotation durch.«

»Könntest du dir auch vorstellen, dabei mit mir ein Eis zu essen?«, erkundigte sich Derek bei ihr. »Zum Abkühlen?«

Michelle lächelte. »Gerne.«

»Ähm, danke für die Info zu heute Abend«, rief ich den beiden nach. »Bis ... später.«

Aber Derek und Michelle waren schon durch die Drehtür nach draußen verschwunden.

Auch die anderen zerstreuten sich. Mein Sitznachbar hatte sich schon direkt nach Ende der Stunde aus dem Staub gemacht.

Schade.

Ich blieb noch kurz in der Eingangshalle stehen.

Die Uhr über der Pförtnerloge zeigte kurz nach fünf, ich könnte mir einen Raum nehmen und noch ein paar Stunden üben. Wenn ich nicht so erledigt wäre ...

Die letzte Nacht hatte ich vor Aufregung kaum geschlafen. Außerdem hatte Panzer sich noch nicht an die neue Wohnung gewöhnt und war die halbe Nacht auf Entdeckungstour herumgekrochen.

»Ziemlich happig, der erste Tag, was?« Das war Tofus singende Stimme.

Ich suchte nach ihrem Gesicht.

Sie stand in der Schlange vor der Pförtnerloge und grinste mich an. »Wie war's so? Siehst ja echt platt aus.«

Ich ging zu ihr. »Eigentlich hatte ich heute nur zwei Fächer ...«

»Auch Hörbildung?«, fragte sie.

»Ja, gerade eben. Bei Frau Leis.«

»Das erklärt alles. Immerhin siehst du nicht verheult aus.«

»Ich hab mir irgendwann vorgestellt, wie ich Frau Leis ihr betrübtes Herz herausreiße, das hat geholfen.«

Tofu lachte hell auf. »Ich mag, wie du redest! Das ist so selten unter den Klassikern ...« Sie senkte die Stimme. »Die erste Stunde nutzt die Leis immer, um einen so richtig fertig zu machen. Sie legt sie extra auf den Nachmittag, weil da das Gehör besonders schlecht ist, und dann quält sie einen zwei Stunden lang mit sauschnellen Notendiktaten. Ist ihre persönliche Strategie, um uns eine Portion Demut zu verpassen.«

»Sie legt die Stunde jedes Jahr auf den Nachmittag?«, fragte ich ungläubig.

»Immer im ersten Semester, ja. Sorry, ich hätte dich vorwarnen sollen ...«

»Sie macht das wirklich *absichtlich*?!«

»Willkommen an der Akademie!« Tofu wandte sich an den Pförtner. »Nein, Sie meine ich nicht, Verzeihung. Raum 2.59 bitte!«

Aus der Loge ertönte eine Art Knurren, dann lugte eine Hand aus dem Fenster und reichte ihr den Schlüssel.

»Tausend Dank«, flötete Tofu und drehte sich wieder zu mir. »Ich muss jetzt leider den Rest des Tages üben, in einem Monat hab ich Schlagzeug-Prüfung und ich hab erst seit zwei Wochen richtigen Unterricht ...«

»Das heißt, du musst innerhalb von zwei Wochen Schlagzeug lernen!?«

»Ja. EMP halt …«, sie zuckte mit den Schultern. »Aber ich hab's mir ja selbst ausgesucht. Und ehrlich gesagt hab ich jetzt tausendmal mehr Lust, auf Trommeln zu hauen, als heute Abend diese dreistündige Laberveranstaltung über mich ergehen zu lassen.«

»Das verstehe ich. Aber ist die Eröffnungsgala nicht Pflichtveranstaltung?«

»Klar, die Gaalaaa … Tatsächlich heißt das stundenlanges Gelaber von alten Säcken und zwischendrin führen sie sich gegenseitig ihre Lieblingsschüler vor.«

»Du gehst also nicht hin?«

»Doch, zum Buffet. Das ist spitze, wirklich. Den Rest kenn ich ja schon aus den letzten Jahren. Kannst mir ja mal berichten, wie oft Stenzel diesmal das Wort *Ästhetik* verwendet.«

»Wer ist Stenzel überhaupt?«

»Den kennst du nicht? Werner Stenzel ist DAS Gesicht der Akademie. Er hat vor ungefähr tausend Jahren hier studiert, ist erst Sänger und dann erfolgreicher Intendant gewesen und hat damit haufenweise Kohle gemacht. Seitdem hat er praktisch überall die Finger drin.« Sie senkte die Stimme. »Er ist dafür berüchtigt, hübschen Sängerinnen Privatstunden zu geben und sie dann für die Festengagements vorzuschlagen.«

»Das klingt nicht gut«, sagte ich. »Wie alt ist der denn?«

»Um die sechzig.« Sie sah mein Gesicht und hob die Arme. »Eeeeklig, ich weiß! Aber die meisten beten ihn an, um auf die großen Bühnen zu kommen. Der Typ hat einen Einfluss, der sich gewaschen hat.«

Mir fiel nichts anderes ein, als noch mal »Das klingt nicht gut« zu sagen.

»Also viel Spaß im Zirkus heute Abend«, sagte Tofu. »Erhol dich gut vorher. Vielleicht sehen wir uns später beim Buffet. Je nachdem, ob es wieder die panierten Champignons gibt. Die sind toll.«

۷

Die Wohnung in Hamburg, in der ich mit meiner Mutter gelebt hatte, war zwar klein gewesen, aber alles hatte seinen Platz gehabt. Meine Mutter war perfekt darin, mit einfachen Mitteln Gemütlichkeit zu erzeugen.

Mein neues Apartment dagegen war noch kahl wie eine Knastzelle. Mama hatte angeboten, mir Vorhänge zu nähen, aber die waren noch nicht fertig.

Müde setzte ich mich auf den karierten Teppichboden. Er roch muffig. »Ich muss mir jetzt jemanden anhören, der fast so alt ist wie du«, sagte ich zu Panzer, während ich ihm dabei zusah, wie er mit winzigen, aber stetigen Bissen seinen Salat mampfte. »Aber dann krieg ich auch endlich was Richtiges zu essen.«

Der Herd funktionierte noch nicht, aber mein Vermieter hatte mir versprochen, dass in der nächsten Woche ein Techniker kommen würde.

Ich kramte in einem der Umzugskartons. Was zog man wohl an auf dieser ... Gala?

Ich entschied mich für das Hemd, das ich schon bei der Aufnahmeprüfung getragen hatte, weil es das Einzige halbwegs faltenfreie war.

Erster Tag war gut, schrieb ich meiner Mutter, die schon zweimal versucht hatte, mich anzurufen, *bin jetzt auf der Eröffnungsgala. Ziehe das Hemd von Papa an. Denke an dich.*

ʔ

Im Fenster der Straßenbahn merkte ich, dass ich wieder vergessen hatte, mir die Haare ordentlich zu kämmen.

Meine Mutter hatte mir geantwortet:

Wie schön. Genieß den Abend. Ich bin mir sicher, Papa schaut auf dich und lächelt.

٢

Als ich zurück in die Akademie kam, war die Konzertsaaltür bereits geschlossen. In der Halle davor konnte ich sehen, wie das Buffet aufgebaut wurde. Es sah aus wie bei einer Hochzeit, reich und feierlich, mit weißen Papiertischdecken auf den Stehtischen.

Ich überlegte, es wie Tofu zu machen und später noch mal wiederzukommen. Aber da hörte man von drinnen Applaus und ich nutzte die Gelegenheit, um hineinzuschlüpfen.

Der Konzertsaal war riesig, noch viel größer, als er von außen wirkte, und als die schwere Mahagoni-Tür hinter mir ins Schloss fiel, drehten sich überall Gesichter zu mir um.

Ich bereute es schon, die Tür überhaupt so spät noch geöffnet zu haben, da erkannte ich in der zweiten Reihe Derek und Michelle. Derek nahm die Ledertasche von dem Sitz neben sich. Anscheinend hatten sie mir tatsächlich einen Platz freigehalten.

Mit rotem Kopf bahnte ich mir den Weg zu ihnen, während das Klatschen langsam verebbte.

»Der Prorektor hat gerade eben erst gesagt, wie wichtig ihm Pünktlichkeit ist«, flüsterte Michelle. Im Saal wurde es still und ich ließ so leise wie möglich meinen Rucksack auf den Boden sinken.

»Cooles Hemd«, raunte Derek mir zu.

Auf der Bühne begann eine Gruppe Studenten mit Schneebesen gegen aufgereihte Weingläser zu schlagen.

»Die haben gerade erst einen Wettbewerb in Neuer Musik gewonnen«, erklärte mir Derek, als er mein erstauntes Gesicht bemerkte.

Die Schneebesen wurden jetzt komplett in die Weingläser gesteckt und langsam gedreht. Quietschende Schürfgeräusche waren die Folge.

Eine hübsche Geigerin im Abendkleid trat hinzu und machte kratzige Laute mit dem Bogen.

»Die spielt aber noch nicht so lange«, wisperte ich.

»Pscht!«, machte Michelle.

Ein weiterer adrett gekleideter Student mit einem langen Kabel in der Hand trat auf. Er stellte sich neben die Geigerin und hielt ihr, während sie spielte, immer wieder das Kabelende an ihren metallenen Ohrring. »Dsss ... dsss ...«, machte es.

Ich lachte.

Michelle warf mir einen warnenden Blick zu, aber ich konnte nicht anders. Es brach aus mir heraus. Ich bohrte die Fingernägel in die Handinnenflächen, um mich zusammenzureißen.

»Das ist respektlos«, mahnte Michelle.

»Dsss ... dsss ... dsssssss«, klang es von der Bühne.

Wieder lachte ich los.

Obwohl ich mir alle Mühe gab, so leise wie möglich zu lachen, schien die Geigerin es zu bemerken und schaute von ihrem Instrument auf. Kurz trafen sich unsere Blicke und ich verstummte. Vielleicht war es wirklich respektlos gewesen.

In diesem Moment wurden die sechs Weingläser gleichzeitig durch Trommelschlägel zertrümmert und das Stück war zu Ende.

Der Konzertsaal applaudierte höflich. Ich klatschte auch. Ein bisschen hatte ich ein schlechtes Gewissen.

Die Studenten verbeugten sich, kehrten die Scherben hastig zusammen und huschten von der Bühne.

Ein kleiner Mann mit einer bunten Krawatte lief mit stämmigen Beinchen zum Rednerpult.

»Ist das Werner Stenzel?«, fragte ich.

»Nein, das ist der Rektor«, antwortete Michelle. »Sein Bild hängt oben im Verwaltungstrakt.«

»Ach ja, stimmt ...«

Der dicke Mann klopfte einmal gegen das Mikrofon, um herauszufinden, ob es funktionierte.

Es funktionierte.

»Vielen Dank an die Gewinner des diesjährigen Wettbewerbs für neuere Musik in der Kategorie Klangkunst Malte Mühe, Jason Fisher, Veronika Kurz, Sekula Chakuleav... äh Chekulav...laväeiaä«, las er ab. »Auch ich heiße Sie recht herzlich willkommen zum wortwörtlichen *Auftakt* unseres neuen Semesters, das sicherlich für Sie alle viele Erkenntnisse, Entwicklungen, Erfahrungen und ... äh ... wie gesagt Erkenntnisse bereithält.«

Er drehte raschelnd sein Blatt um.

»Die vielseitige und fortschrittliche Bildung von Talenten, wie wir sie hier bieten, wäre nicht möglich, wenn es nicht die zahlreichen Förderinnen und Förderer gäbe, die uns jährlich unterstützen. Allen voran natürlich unser langjähriger guter Freund Werner Stenzel, der gleich wie in jedem Jahr noch ein paar inspirierende Worte an Sie richten wird. Besonders hervorheben möchte ich außerdem die heute anwesende Frau Pfau, die uns bereits seit dreißig Jahren finanziell unterstützt und uns nach ihrem ... ähm ... Dahinscheiden ..., das hoffentlich noch lange auf sich warten lässt, eine ... noch beträchtlichere Förderung in Aussicht gestellt hat, die vor allem der Gesangsabteilung zugutekommen soll. Die Gesangsklasse wird sich im Folgenden für diese Großzügigkeit mit Ausschnitten aus Schuberts Liederzyklus *Die Winterreise* bedanken.«

Alle klatschten.

»Ich wünsche den Studierenden ein erkenntnisreiches neues Semester. Denken Sie immer dran: *Sie sind DIE ZUKUNFT!* Und nun Bühne frei für Ihre *Winterreise*, liebe Frau Pfau.« Er wackelte von der Bühne.

Ich unterdrückte ein Gähnen.

Eine Studentin und ein Student traten auf. Die Studentin trug einen roten Hosenanzug, der andere ein schlichtes schwarzes Hemd und nahm an dem großen Flügel Platz, der hinten auf der Bühne stand. Zielstrebig lief die Studentin nach vorn an den Bühnenrand. Ihre Schuhe waren flach, aber klackerten bei jedem Schritt. Ihre Augen waren geschminkt wie die eines Pharaos.

»Draußen sind zurzeit 38,5 Grad«, sagte sie mit einer Stimme, die auch ohne Mikro mühelos die hintersten Reihen erreichte. »Und es soll noch heißer werden. Wir haben uns daher spontan entschieden, die *Winterreise* erst beim Weihnachtskonzert zu singen und heute stattdessen einen Ausschnitt aus Verdis *Aida* zu präsentieren.«

Murmeln breitete sich aus. Offenbar war es mehr als un-
üblich, spontan das Programm zu ändern.

»Die Oper spielt in Ägypten, das dürfte, was die Tempera-
turen angeht, etwa hinkommen.«

Jetzt lachten einige. Die Sängerin lächelte und fuhr unbe-
irrt fort: »Und um den Skandal komplett zu machen, werde
ich eine Arie des männlichen Feldherrn Radamès singen.«

Noch mehr Gemurmel.

Die junge Frau trat in die Mitte der Bühne. Etwas an
der Art, wie sie lief, war anders als bei ihren Vorgängern
auf der Bühne. Sie ging mit einer Entschlossenheit, die jeden, der ihr entgegengekommen wäre, zum Ausweichen
gebracht hätte. Es erinnerte mich an die Art, wie meine
Mutter mein Zimmer betrat, wenn sie mir etwas Wichtiges
mitteilen wollte. Widerstand war zwecklos. Sie nickte dem
Pianisten zu, ganz leicht nur, und er griff augenblicklich in
die Tasten.

Mit voller Tenor-Stimme begann sie über das große und
mächtige Heer zu singen, das sie in den Kampf führen wollte, sie selbst an der Spitze.

Ich war baff. So etwas hatte ich noch nie gehört. Eine Frau,
die die Männerstimme sang!

>»Und der Sieg und Beifall
von Memphis ist mein,
wenn ich zu dir, Aida,
dann heim mit Lorbeeren kehre
und sag: Ich kämpft für dich, dein ist die Ehre!«*

Keine Ahnung, woher sie auf einmal das Schwert zog, es kam wie aus dem Nichts, wie bei einem Zaubertrick.

Sie warf das Schwert in die Luft, es überschlug sich ein paar Mal, sodass mir der Mund offen stand, sie machte eine Drehung und fing es mühelos wieder auf. Sie sang von Blumen und Licht und blickte dabei so erbarmungslos, als sei sie bereit, jeden, der ihr in den Weg trat, mit Dornen auszupeitschen. Ich spürte, wie sie in mich eindrang, ihre Stimme, glasklar und eiskalt. Eine Gänsehaut kletterte mir die Waden empor. Wie konnte eine Stimme eine so physische Wirkung auf mich haben? Ich vergaß Raum und Zeit, vergaß alles um mich herum, da waren nur ich und sie und die göttliche Prinzessin Aida, von der sie sang. Ihr Blick streifte die vorderen Reihen des Saals und blieb kurz an mir hängen. Mir wurde heiß. Obwohl sie auf der Bühne stand, kam ich mir plötzlich von ihr beobachtet vor. Ich musste mich zwingen, ihrem Blick standzuhalten. Ihre Stimme kletterte in einen zärtlichen Sopran und etwas in mir zerfloss.

»Möcht in die Himmel wieder dich bringen,
dort, wo die Luft und der Himmel so schön!
möcht eine Krone ins Haar dir schlingen,
dir einen Thron bis zur Sonne erhöhn!«

Wieder kehrte mein Blick zu ihr zurück. Sie sang und der Ton drang in mich ein. Ich konnte ihr unmöglich ausweichen. Ich war ihrer Musik ausgeliefert und das war Qual und Genuss zugleich. Worum genau es in dem Lied ging, kriegte ich nicht mehr mit. Die Worte, die sie sang, wurden zu einer warmen Decke, die mich einhüllte. Mir wurde noch heißer auf meinem Sitz. Meine Füße kribbelten.

Als alle klatschten, blieb ich weiter stumm. Ich war wie benommen und froh, dass meine Hose nicht allzu eng und der Zuschauerraum unbeleuchtet war.

Das Klatschen erinnerte mich daran, dass sie nicht für mich gesungen hatte, sondern für den gesamten Konzertsaal.

»Nicht schlecht«, sagte Derek zu Michelle. »Was kommt jetzt?«

»Es wird noch besser«, antwortete sie. »Jetzt kommt Werner Stenzel!«

»Wow«, machte Derek. »Der echte Stenzel.«

Als Tofu mir von Werner Stenzel erzählt hatte, hatte ich ihn mir als einen altmodischen Herrn im beigen Sakko vorgestellt, der durch seine Hornbrille heimlich jungen Studentinnen auf den Hintern schaute.

Doch der Typ mit dem vollen Haar in dem knallblauen Anzug, der jetzt behände die Stufen der Bühne erklomm, hatte nichts Altmodisches an sich. Er erinnerte eher an einen Showmaster aus dem Fernsehen als an einen baldigen Altersheimbewohner.

»Einen fulminanten Abend!«, rief er. Seine Stimme füllte den ganzen Raum. »Ich muss sagen, das da eben war eines der besten Bühnenoutfits, das ich je bei einer Operndarbietung gesehen habe. Noch mal einen großen Applaus für diesen Wahnsinnsauftritt!«

Alle klatschten.

»Ich habe eben gesehen, wie einige bei den Danksagungen die Augen verdreht haben. Mir selbst geht es ja manchmal nicht anders ...«, er seufzte theatralisch. »Und trotzdem sind unsere Spender so wichtig. Allein dieser Flügel hier neben mir, auf dem wir alle schon so viel ästhetisches Feuerwerk gehört haben, wiegt 360.000 Euro. Die fallen ja leider nicht vom Himmel.« Er lehnte die Hände aufs Rednerpult, dass es knarzte. »Also bitte noch mal einen üppigen Applaus für die großzügigen Spenden!«

Er begann, laut ins Mikrofon zu klatschen, und alle stimmten mit ein.

»Ästhetisches Feuerwerk habe ich gesagt«, schnitt er den Applaus plötzlich ab, »und das meine ich auch so, denn wahre Kunst lodert. Wahre Kunst ist heiß ... und setzt sich zugleich respektvoll mit den Gesetzen der Ästhetik auseinander. Ein Drahtseilakt! Den zu bewältigen, wie ich fürchte, nur einige von Ihnen, liebe Studierende, im Stande sind. Ich bin stolz und dankbar, nach so vielen Jahren immer noch meinen bescheidenen Beitrag dazu zu leisten und vielleicht dem einen oder anderen ein Türchen zum Erfolg zu öffnen.« Er zwinkerte, und durch die Art, wie sich sein Augenlid dabei zusammenzog, hatte er für mich auf einmal doch etwas sehr Greisenhaftes. Ich dachte daran, was Tofu erzählt hatte, und mir wurde unbehaglich.

Statt zu Stenzel emporzuschauen, drehte ich mich nach hinten und ließ meinen Blick durch den Saal schweifen. Zwischen den älteren Zuhörern entdeckte ich Frau Leis, die mit ausdruckslosem Gesicht zuhörte.

Goldstein fand ich nirgends.

»Ästhetik!«, rief Stenzel. »Ästhetik kann man lernen. Und ich finde es großartig, wie die Grenzen der Ästhetik in den letzten Jahren hier immer wieder neu erforscht, neu gesteckt wurden ...«

Ich besah mir gerade die Lüftungsrohre an der Decke, die wie kleine Kanonen aussahen, daher war ich wohl der Einzige, der bemerkte, wie sich hoch über Stenzels weißem Haupt an der Decke des Saals eine winzige Klappe öffnete, etwa so groß wie das Fenster in meinem Badezimmer.

Ich wollte Derek darauf aufmerksam machen, aber er lauschte gebannt.

»Das Feuer hingegen, das lässt sich nicht erlernen, es kommt einfach …«

In diesem Moment fiel von oben ein großes, weißes Geschoss herunter, direkt auf Stenzel.

Michelle und einige andere im Publikum schrien auf, doch Stenzel brauchte trotzdem zu lange, um zu reagieren.

Ein großer weißer Gegenstand stürzte auf ihn. Blitzschnell schloss sich die Klappe oben wieder.

Stenzel und sein Pult waren vollständig unter einem weißen Tuch begraben – ein Tuch mit roten Buchstaben darauf:

FÜRCHTET UNS,
WIR SIND DIE ZUKUNFT

Alle im Saal redeten aufgebracht durcheinander.

Mehrere schwarzbekleidete Typen rannten die Stufen von der Bühne hinunter und eilten nach draußen.

Stenzel kämpfte sich währenddessen aus seiner Umhüllung. »Es ist alles in Ordnung!«, rief er ins Mikro, als er sich endlich befreit hatte. »Ich bin vollkommen unverletzt!«

Doch diesmal verstummte der Saal nicht, als er die Arme hob.

»Das ist unglaublich!«, entfuhr es Michelle. »Ein Attentat auf Werner Stenzel!«

»Es war ja nur ein Tuch«, beruhigte sie Derek.

»Aber wer macht denn so was! Das ist doch nicht normal!«

Der Direktor erhob sich aus der ersten Reihe und wieselte in seinem Anzug auf die Bühne. Er warf einen kurzen Blick auf das Laken und krallte sich dann das Mikro. »Meine Damen und Herren, liebe Studierende, bitte beruhigen Sie sich, mehrere Techniker kümmern sich bereits darum, den Backstagebereich abzusichern. Wir wissen noch nicht, wer hinter diesem Streich steckt, aber er wird nicht ungeahndet bleiben. Mein lieber Werner, bitte nimm doch auf diesen Schrecken noch mal Platz.«

Stenzel schritt empört von der Bühne, während ein Student das Laken von der Bühne trug.

Plötzlich aber hielt Stenzel inne und stürzte in einem unfassbaren Tempo dem Studenten nach, der beinahe die Bühnentür erreicht hatte. Er wischte mit dem Finger über die Schrift und hielt den roten Finger in die Höhe. »Wie ich es mir dachte!«, rief er laut in den Saal. »Theaterblut! Das sieht mir nach einem geschmacklosen Scherz der Schauspielabteilung aus. Keine weitere Gefahr also!«

Wieder brach Gemurmel aus. Vereinzelt hörte ich Gelächter.

Der Rektor ergriff wieder das Wort. »Vielen Dank für den Hinweis, Werner. Wir werden die Sache eingehend prüfen.« Er setzte ein strenges Gesicht auf. »Jedem, der etwas in dieser Affäre weiß oder mitbekommen hat, rate ich dringend, sich im Rektorat zu melden!«

Die Studenten mit dem Laken verschwanden durch die Tür nach draußen, die Bühne sah jetzt wieder ganz normal aus. Der Direktor wirkte erleichtert. »Wir werden nun ein weiteres Stück der Neuen Musik hören. ›FLEISCHGEKREISCH‹ – inszeniert und musikalisch entwickelt von Werner Stenzel

persönlich. Es wirken mit die vielversprechenden Gesangs-
studentinnen Anastasia Mariani, Cécile Pelletier und Virginia
Ferrari. Viel Vergnügen!«

7

»Oh Mann!«, schimpfte Tofu. »Da geht man einmal nicht zur Gala und dann verpasst man SO WAS! Ich hätt so gerne gesehen, wie der aus dem Laken gekrochen ist ... bestimmt ein Anblick für die Götter!«

Wir saßen zusammen auf den Stufen vor der dramatisch mit Scheinwerfern beleuchteten Akademie und stopften uns mit Häppchen voll. Besonders die Frischkäse-Lachs-Röllchen waren unglaublich.

»Stenzel meinte, es wäre die Schauspielabteilung gewesen«, sagte ich. »Meinst du, das stimmt?«

Tofu schüttelte den Kopf. »Das hätten die niemals organisiert bekommen«, sagte sie und biss in ihren panierten Champignon.

Autos rasten an uns vorbei. Selbst im Dunkeln konnte man den Feinstaub sehen.

»*Fürchtet uns, wir sind DIE ZUKUNFT*«, wiederholte ich. »Was, meinst du, soll das heißen?«

»Ich weiß nicht so genau, aber es klingt irgendwie gut«, sie biss wieder in einen Pilz. »Es klingt nach REVOLUTION. Und es war verdammt mutig ... Wer auch immer dahinter steckt, er wird bestimmt rausgeworfen, wenn er sich erwischen lässt.«

»Ja, wahrscheinlich.«

Eine Weile lang saßen wir stumm auf den warmen Steinstufen und lauschten dem Autorauschen.

»Meinst du, Stenzel hat das Angst gemacht?«, fragte ich.

»Ich hoffe es sehr!«, sagte Tofu. »Höchste Zeit, dass der Typ endlich seinen Herzinfarkt kriegt.«

»Irgendwie beneide ich die, die das heute gemacht haben«, überlegte ich.

»Wie meinst du das?«, fragte Tofu.

»Sie haben was gemacht. Nicht bloß gejammert. Sie haben aktiv Widerstand geleistet.«

»Ja«, sagte Tofu. »Ziemlich verrückte Idee. Aber auf die gute Art verrückt. *Fürchtet uns, wir sind DIE ZUKUNFT* ... Ich mag den Spruch!«

»Ich auch. Und die müssen extrem davon überzeugt gewesen sein ...« Ich sah Tofu an. »Bist du von dem, was du tust, überzeugt?«

»Von diesem Pilz bin ich sehr überzeugt!«

»Ich meine, von dem, was du sonst machst ...«

Diesmal antwortete Tofu ausnahmsweise einmal nicht wie aus der Pistole geschossen. »Hin und wieder«, sagte sie nachdenklich. »Einmal hab ich einer Sechsjährigen aus unserer Unterrichtsgruppe dabei geholfen, ein Lied für ihre Mutter zum Geburtstag zu komponieren. Das war schön. Auch wenn es natürlich schrecklich klang ...« Sie verstummte. »Wir sind noch sehr jung, Theo. Wir haben Zeit, uns zu finden.«

»Ja«, sagte ich. »Was ein Glück.«

Als wir an einem Seitengang vorbeikamen, sah ich Derek und Michelle knutschen.

७

Zu Hause angekommen, stolperte ich fast über Panzer, der immer noch nicht seine Wohnungsinspektion abgeschlossen hatte. »Gut, dass du da bist«, sagte ich, als ich ihm seine Salatration in den Napf legte. »Was für ein Tag.«

Kauend schaute Panzer zu mir auf und blinzelte mich aus seinen grauen Augen an. Vermutlich hätte das Haus über ihm zusammenfallen können und er würde immer noch gelassen weiterkauen.

»Ich sollte dich mal mit zur Gehörbildung nehmen«, schlug ich ihm vor, »dann wär ich bestimmt entspannter.«

Das Bett knarzte laut, als ich mich darauf fallen ließ.

Morgen geht es weiter, dachte ich. *Unglaublich, geht das jetzt immer so weiter?*

Trotz der Hitze im Zimmer schlief ich wie bewusstlos.

ۈ

Am nächsten Morgen begegnete ich Tofu vor der Akademie, die mit ein paar anderen Studenten große, in Decken gehüllte Gegenstände in einen Transporter wuchtete. Sie erkannte mich und ließ ihre vier Notenständer für einen Moment stehen, was mich freute. »Theo!«, rief sie. »Hast du auch so schräges Zeug geträumt? Riesige blutige Laken und so was?«

»Ich hab's vor dem Schlafengehen meiner Schildkröte erzählt«, antwortete ich wahrheitsgemäß, »danach konnte ich ruhig schlafen.«

»Du hast eine Schildkröte?«, fragte Tofu.

»Ja«, sagte ich. »Panzer. Eine griechische Landschildkröte. Mein Großvater hat sie als Kind gefunden, als sie noch ganz klein war, seitdem geben wir sie immer weiter.«

»Oh, wie toll«, staunte Tofu. »Ich liebe Schildkröten! Die haben so weise Gesichter ...«

Ich nahm meinen Mut zusammen. »Ich könnte sie dir mal vorstellen.«

Tofu seufzte. »Sehr gerne. Aber ich bin jetzt leider erst mal einen Monat auf Unterrichts-Praxis-Exkursion in Belgien.«

»Oh. Ab wann?«

»Ab heute. Wir fahren in einer Stunde.«

»Schade«, sagte ich. »Was machst du in Belgien?«

»Wir unterrichten zwei Wochen an einer bilingualen interkulturellen Musikschule für Kinder mit geistiger Behinderung oder so was«, sie stemmte die Pauke, die unter dem Tuch hervorlugte, in den Kofferraum. Ich half ihr dabei. »Zwanzig Knirpse mit Triangeln waren zu einfach«, ächzte sie. »Jetzt müssen sie auch noch alle einen Dachschaden haben.«

Ihre Kommilitonin schaute betroffen, doch ich musste lächeln.

»Du wirst das bestimmt toll machen«, sagte ich. »Mit mir kamst du doch bisher auch ganz gut aus!«

Tofu grinste. »Ja, aber das waren bisher auch nicht mal drei Stunden.«

»Stimmt.«

»Kommt mir irgendwie mehr vor.«

»Mir auch.«

Tofus Kommilitonen winkten sie ungeduldig herüber, um aus einem Fenster ein riesiges glänzendes Becken mit zwei Schlägern zu hieven. »Ich muss«, sagte Tofu. »Wir sehen uns in zwei Wochen. Vorausgesetzt, ich hab bis dahin keinen Hörsturz.«

»Viel Spaß.«

»Danke.«

Ich zögerte, ob ich sie umarmen sollte, aber die anderen warteten ungeduldig. »Ähm ... ja, dann tschüss!«

»Tschüss!«

Ich ging mit gemischten Gefühlen in die Akademie. Einerseits war ich froh, Tofu noch mal begegnet zu sein, bevor sie nach Belgien verschwand. Andererseits fand ich es nicht gut, dass sie überhaupt ging. Sie war bisher die einzige von den Studenten gewesen, mit der ich mich einigermaßen entspannt hatte unterhalten können.

Ich mochte das Lachen in ihrer Stimme.

»Hast du dran gedacht, das Stück vorzubereiten?« Das war Michelle. Sie saß mit Derek auf einer Bank neben der Pförtnerloge. »Theo ... Ich hab dich was gefragt ...«

»Lass ihn doch«, sagt Derek und legte seine Hand auf ihren Oberschenkel. Der Stoff ihres Kleides knisterte dabei leicht.

»Was für ein Stück?«, fragte ich.

»Für Musik-Theorie. Jeder soll ein Stück vorspielen, das ihm besonders viel bedeutet. Hast du die Mail nicht gelesen?«

»Ich hab noch kein WLAN in meiner Wohnung.«

»In der Akademie gibt's auch WLAN.«

»Dafür hab ich noch kein Passwort.«

Derek erhob sich lächelnd. »Gehst die Sache eher easy an, was?«

Mit mulmigem Gefühl im Magen folgte ich Derek und Michelle die Steinstufen hinauf.

Im Gegensatz zu Frau Leis war der Theoriedozent noch recht jung. Er trug die langen Haare auf dem Hinterkopf verknotet und dazu eine riesige Brille.

Wieder saßen wir mit den anderen Erstsemestern in einem Raum. Vorne stand ein großer Flügel. (Hier allerdings kein Bechstein, sondern bloß ein Bösendorfer). Von den Nicht-Pianisten hatte diesmal jeder sein eigenes Instrument dabei. Es schien eine strikte Trennung nach Instrumenten und Nationen zu geben.

Bis auf den Gitarristen von neulich saßen alle in ihren Studiengangsgrüppchen. Stumm ließ ich mich neben ihm auf den Stuhl plumpsen. Seine Augen waren noch genauso schattig wie beim letzten Mal.

»Ich bin Theo«, stellte ich mich nach kurzem Schweigen vor.

Der Dozent war noch damit beschäftigt, in seinem ledernen, aufgeklappten Koffer zu wühlen.

»Raúl«, antwortete mein Sitznachbar. »Blockflöte?«

»Nein, Klavier.«

»Ah. Ich bin Gitarre.«

»Ja, ich weiß.«

Mit einem lauten Klacken knallte der Dozent seinen Koffer zu und es wurde still. »So viele neue Gesichter!«, rief er aus, als hätte er uns jetzt erst bemerkt. »Frischfleisch!« Er lachte spitz auf. »Viele an dieser Akademie bevorzugen ja das *Sie* ... Ich duze lieber. Ihr könnt mich Ludwig nennen. Wie den Sonnenkönig.«

Er hopste in seiner knarzenden Hose auf den Tisch und

schaukelte mit den Beinen. »Oder natürlich Beethoven. Ich weiß, dass ihr euch alle schon sehr lange mit Musik befasst, ihr Wunderkinder ... aber die meisten, die hier anfangen, wissen erschreckend wenig über die Theorie dahinter.« Er seufzte. »Wir fangen also noch mal ganz von vorne an. Bei den Grundsätzen. Doch zuerst ...«, er sah abschätzend in die Runde. »Zuallererst brauche ich eine Eselsbrücke, um mir eure vielen Namen merken zu können. Nicht jeder hat ja das Glück, dass Könige und Komponisten nach ihm benannt wurden.« Er machte eine kurze Pause, damit wir über seinen Scherz lachen konnten.

»Wie angekündigt, möchte ich, dass jeder von euch einen kurzen Ausschnitt aus einem selbst ausgewählten Stück spielt.« Er schwang sich vom Tisch. »Die Pianisten haben es natürlich am einfachsten, weil ihr keine Begleitung braucht. Die andern spielen halt solo – *that's life, it's not fair.*« Wahllos zeigte er auf eine Schülerin in der Mitte. »Du fängst an. Wie heißt du?«

»Michelle Günther-Laurent«, antwortete Michelle und knisterte in ihrem weißen Kleid nach vorne.

»Bin gespannt, was du draufhast, Mademoiselle!« Er lächelte breit.

Wie zu erwarten hatte Michelle sich ein schwieriges französisches Klavierstück ausgesucht: *Arabesque* von Debussy. Die fließenden, schnellen Tonfolgen in rechter und linker Hand erinnerten mich sofort an die vielen Stunden, die ich mit Zählen verbracht hatte. Am kniffligsten waren die Passagen, bei denen linke und rechte Hand gegeneinander spielten. Bei Stellen wie diesen hatte ich das erste Mal beim Üben geheult.

Nach einigen Minuten unterbrach Ludwig. »Michelle ..., du stehst also auf Romantik«, stellte er fest. »Ich hab's dir gleich angesehen. Ach, ich liebe Debussy ... Seine Lieder sind wie Aquarellbilder, herrlich. Passt sehr gut zu dir.«

Michelle strahlte.

»Der Nächste!«, rief Ludwig.

Derek hatte sich die berühmte Klaviersonate Nr. 8 *Patétique* ausgesucht, die auch in vielen Filmen vorkam. In *Jurassic Park* zum Beispiel. Das Stück strahlte für mich immer eine große Geborgenheit aus. Vielleicht wegen der riesigen Filmsammlung meines Vaters, die er mir hinterlassen hatte.

»Und du stehst auch auf Romantik – oder eher auf Dinosaurier?«, fragte Ludwig, nachdem das Stück beendet war (es war kürzer als die *Arabesque*, deshalb hatte er es Derek komplett spielen lassen).

»Auf beides«, grinste Derek und schlenderte zurück zu seinem Platz neben Michelle.

»So, so«, Ludwig kritzelte etwas in sein knallrotes Ledernotizbuch. »Der Nächste!«

Mich hätte es nicht gewundert, wenn er *haben was mitei-*

nander notiert hätte. Seinem stechendem Blick schien nichts zu entgehen. Immer noch hatte ich keine Ahnung, was ich spielen sollte. In meinem Rucksack steckte zum Glück wie immer mein gelbes Notenheft mit Debussy-Stücken, das meine Mutter mir zum vierzehnten Geburtstag geschenkt hatte. Sie liebte Debussys schwebende Klänge, die einem immer ein wenig das Gefühl gaben, das ganze Leben sei nur ein Traum, aus dem man irgendwann aufwachen würde.

Einer nach dem anderen ging nach vorn und spielte sein Stück. Natürlich waren Mozart, Brahms und Beethoven dabei. Alles sorgfältig vorbereitet. Aus Zufall war hier niemand genommen worden, das merkte man schnell. Trotzdem konnte ich das Konzert nicht genießen ...

Eine Stunde verging.

Nach jedem Stück machte Ludwig sich Notizen in seinem roten Buch.

Unter dem Tisch blätterte ich in meinem Debussy, aber ich konnte mich für keines der Stücke entscheiden. Auf die *Clair de lune*, die ich früher so gemocht hatte, hatte ich keine Lust.

»Struwwelpeter, was ist mit dir?«, fragte mich Ludwig plötzlich, nachdem sich gerade eine Querflötistin wieder hingesetzt hatte.

Raúl knuffte mich in die Seite und ich stand wie ein Roboter auf und ging nach vorn. Das gelbe Debussy-Buch lag noch auf meinem Platz.

Ich setzte mich an den Flügel und legte eine Hand auf die Tastatur.

»Du spielst nur eine Hand?«, fragte Ludwig irritiert, gerade als ich anfangen wollte.

»Die andere kann ich noch nicht.«

»Oha«, machte Ludwig. »Dann bin ich ja mal gespannt.«

Ein zögerliches Kichern breitete sich im Raum aus, sobald ich angefangen hatte. Ich spielte *Der Mond ist aufgegangen.*

Ich spielte es so, wie es mir Papa abends vorgesungen hatte. Ganz sachte und leise. Ich schloss die Augen beim Spielen, um die anderen auszublenden.

Mein Vater singend war eine der letzten Erinnerungen, die ich an ihn hatte. Manchmal hatte er mir dabei über die Stirn gestrichen. Als kleines Kind waren meine Haare noch viel wuscheliger gewesen als heute.

Auf einmal sah ich wieder sein Gesicht vor mir, während ich spielte. Es musste kurz vor seinem Unfall sein. Er sah ernst aus und seine Augen waren ähnlich schattig wie die von Raúl. Er sang mit rauer, sanfter Stimme und die Hand auf meiner Stirn zitterte ganz leicht.

Ich spielte den letzten Ton und schluckte.

»Wie ist dein Name?« Ludwig musterte mich abschätzend.

»Theo Sandmann.«

»Ich werde mir deinen Namen merken, Sandmännchen. Der Nächste!«

Im Vorübergehen zwinkerte mir Raúl zu. Dann rammte er die Melodie von *Where is my mind* in seine Gitarre, dass die Tischplatten vibrierten.

»Ich glaube, für heute ist es genug«, beendete Ludwig die Vorstellung. »Vielen Dank für die hübschen Stücke. Schade, dass das Niveau gegen Ende so sehr gefallen ist.« Klackend ließ er seinen Koffer zuschnappen. »Bis nächste Woche, Wunderkinder! Denkt immer dran: *Alles, was gut klingt, ist erklärbar.*«

♪

Während des Unterrichts hatte ich nicht an Tofu gedacht, aber in der Mittagspause fiel mir auf, dass ich sie gerne zum Reden gehabt hätte. Derek und Michelle waren voll und ganz miteinander beschäftigt und die drei älteren Pianisten am Nebentisch drückten mit jeder Faser ihres Körpers aus, dass sie nicht gestört werden wollten. (Einer trug Kopfhörer, der zweite starrte auf seine Noten und der dritte telefonierte anscheinend ziemlich wütend mit seinem Internetanbieter.)

Ich versuchte, mich ganz auf mein Essen zu konzentrieren, besonders darauf, diesmal nichts davon zurück auf den Teller zu spucken, und lauschte beim Kauen dem unsteten Rhythmus des klappernden Bestecks um mich herum. Erst das Pieken der Gabel, dann ein Schmatzen, wenn das Messer in den Gemüsestrudel eindrang, dann das Schaben über den Teller und eine kurze Pause, wenn die Gabel zum Mund geführt wurde – *happs.*

Hatte man den Klecks Kräuterquark erst mal aufgegessen, schmeckte der Strudel trocken wie Kompost in der Sonne. Trotzdem verschlang ich die Rolle restlos. Ich brauchte Kraft. Ich musste üben.

Dank Tofu wusste ich, wie man beim Pförtner unter Abgabe des Ausweises an einen Schlüssel für einen Musikraum rankam. Das wollte ich machen. Ich wollte so schnell wie möglich wieder ans Klavier, zurück in die Welt, die Goldstein mir gezeigt hatte, die Welt des Klangs.

Die einzige Welt, in der ich mir nicht wie ein Idiot vorkam.

Als ich an die Glasscheibe der Pförtnerloge trat, starrte der Pförtner gerade auf einen Punkt unter seinem Schreibtisch. Den Geräuschen nach zu urteilen, musste dort ein kleiner Fernseher stehen. Ich hörte Gepolter und Lachen. Das Gesicht des Pförtners blieb ausdruckslos.

»Entschuldigung«, wagte ich zu stören. »Ich hätte gerne einen Musikraum mit Flügel ...«

»Is' keiner frei« knurrte der Pförtner, ohne den Blick zu heben.

»Ähm ... wirklich nicht?«, fragte ich nach kurzem Zögern. »In der gesamten Akademie nicht?«

»Nein. Dienstags nie.«

»Okay. Schade ...«

Der Pförtner atmete einmal rasselnd ein und wieder aus. Dann wandte er mir doch sein Gesicht zu. Wenn ich es mir hätte einprägen wollen, hätte ich mir dazu wohl das Stichwort »Asche« gemerkt. »Geh in den Keller«, blaffte er mich an. »Da sind die Übezellen.«

Übezellen. Das klang nach Sklavenarbeit.

»Und ... äh ... wie komm ich dahin?«

»Nimm den Fahrstuhl. Drittes Untergeschoss.« Mit einem Ächzen wandte er sich wieder dem Fernseher zu. Eine Fanfare ertönte, gefolgt von einem Schlag.

»Danke«, sagte ich und machte, dass ich zum Fahrstuhl kam.

Während ich auf den Fahrstuhl wartete, schaute ich auf die Uhr. Es war kurz nach halb vier. Warum verging die Zeit hier in der Akademie bloß so rasend schnell? Als wäre ich in ein neues Universum eingetreten, eines, in dem die Zeit doppelt so schnell lief.

Der Fahrstuhl dagegen brauchte ewig.

Dreimal drückte ich auf den zerkratzten Knopf. Beim dritten Mal leuchtete er. Dann endlich hielt rumpelnd die Kabine an, ich trat ein – und da stand sie.

Auf den ersten Blick hätte ich sie fast nicht erkannt, denn ihre Haare waren nicht mehr schwarz, sondern grün glänzend wie Wasserpflanzen. Die Farbe passte perfekt zu ihren Augen, diese leuchtenden, grünen Augen, die ich von der Eröffnungsgala kannte.

Natürlich wusste ich ihren Namen damals noch nicht, aber dass sie mein Leben entscheidend verändern würde ... ja, ich glaube fast, das habe ich da schon geahnt.

(Es gibt solche Begegnungen. Ich glaube nicht ans Schicksal und auch nicht an irgendwelche Bestimmungen, aber solche Begegnungen gibt es.)

Langsam schlossen sich die Türen wieder. Hilfe, wie lange hatte ich sie angestarrt? Hektisch drückte ich auf den Knopf und die Türen fuhren wieder auseinander.

Ich ging hinein. »Du hast gestern die Arie aus *Aida* gesungen, oder?«, durchbrach ich die peinliche Stille.

Sie nickte.

»Das war unfassbar«, platzte es aus mir heraus. »Es war

die tollste Opern-Performance, die ich je gesehen habe! Also eigentlich mag ich gar keine Opern. Aber das war großartig, es war …«

»Du bist neu hier, oder?«, unterbrach sie mich. Es lag nichts Ungeduldiges oder Spöttisches in ihrer Stimme. So, wie sie es sagte, war es einfach nur eine ganz normale Frage.

»Ja«, antwortete ich.

»Man merkt's.« War da ein bisschen Spott? Oder was hatte ihr halbes Lächeln zu bedeuten?

»Danke«, sagte ich.

»Willkommen im Irrenhaus!« Sie lächelte jetzt mit beiden Mundwinkeln. »Lass dich nicht zerfleischen.«

»Hab ich nicht vor.«

Es quietschte und der Fahrstuhl setzte sich in Bewegung.

»Wo willst du hin?«, fragte die Grünhaarige.

Mir fiel auf, dass ich vergessen hatte, auf das richtige Geschoss zu drücken, aber der Knopf mit der Aufschrift *3. UG* leuchtete bereits.

»In dieselbe Richtung«, sagte ich.

Der Fahrstuhl hielt mit einem Rucken und die Türen fuhren auseinander. Mit schnellen Schritten war sie an mir vorbei. In diesem Moment hätte ich schwören können, ihr Parfüm rieche nach Sommerwind.

Rasch stieg auch ich aus. Sie war schon fast um die Biegung. »Warte!«, rief ich, ohne nachzudenken.

Sie drehte sich um. Selbst aus der Entfernung wirkte sie groß.

»Wie heißt du?« Keine Ahnung, was mich ritt, ihr nachzurufen, aber auf einmal wollte ich es unbedingt wissen.

Sie lachte. »Ich heiße wie ein Musical«, sagte sie.

»Mary?«, fragte ich. Mary Poppins war das einzige Musical, das ich kannte. Meine Mutter konnte Musicals nicht ausstehen, sie hielt sie für hohl und oberflächlich (und machte daraus auch kein Geheimnis).

»Nicht ganz.«

Ich überlegte weiter und lief dabei langsam in ihre Richtung. Irgendwie hatte ich Angst, ich könnte sie verscheuchen, als wäre sie ein seltsames, scheues Lebewesen im Wald. Das war das Seltsame an ihr: Einerseits gehörte ihr die gesamte Umgebung, andererseits schien ein unbedachter Laut zu genügen und sie würde sofort verschwinden.

»Ich glaub, ich bräuchte noch einen Tipp ...«, sagte ich vorsichtig.

»Ich heiße auch wie ein Werbeprinzip«, erwiderte sie. »Oder wie ein Kreuzfahrtschiff. Oder ein Asteroid ... Es gibt auch eine Oper, die so heißt wie ich.«

»Aida?«, fragte ich und blieb stehen.

Wieder lächelte sie ihr Lächeln. »Da hab ich's dir wohl zu leicht gemacht.«

Ich wusste nicht, was ich darauf sagen sollte. Das alles war viel zu unrealistisch. Diese Frau kam aus einer fiktiven Welt.

In solchen Momenten, wenn das Gehirn aussetzt, sollte man sich immer für das Naheliegende entscheiden. Was war das Naheliegende? »Ich heiße Theo«, sagte ich.

Sie reichte mir die Hand. »Hallo, Theo.«

Ich weiß nicht, warum ich ihr nicht in die Augen schaute, vielleicht, weil es mir zu viel gewesen wäre, jedenfalls betrachtete ich stattdessen nur ihre Hand. Ihre Nägel, lackiert im exakten Farbton ihrer Haare. Ihr schmaler Handrücken. Ihr Handgelenk ...

Ich stutzte. Auf der Innenseite ihres Handgelenks war ein winziges Z tätowiert.

Z wie ZUKUNFT.

II
AIDA

Der Flügel schepperte in der winzigen Übezelle. Ich spielte zu laut, viel zu laut. Die Wände waren zu kahl, als dass sie den Klang abfedern konnten. Ich wusste, ich müsste zarter spielen, aber ich tat es nicht. Etwas in mir *wollte*, dass es schepperte. Etwas *wollte* zu laut klingen.

Ich spielte die Sonate *Opus 10 Nr. 1* von Beethoven. Meine Finger rasten über die Tasten, die düsteren Akkorde knallten brutal. Ich spielte in doppeltem Tempo, der Tod jedes Stücks. »Das ist keine Musik mehr«, hatte mein ehemaliger Klavierlehrer immer gesagt, wenn ich zu schnell spielte, »das ist Protzerei. Wenn du angeben willst, kauf dir einen Sportwagen, aber lass das arme Klavier in Ruhe!«

Aber an das arme Klavier dachte ich jetzt nicht und auch nicht an Sportwagen.

Ich dachte an Aida.

Es war nur Minuten her, dass sie mich im Flur hatte stehen lassen, aber mir kam es vor wie Stunden. Schlimmer noch: Mir kam es fast so vor, als hätte es die Zeit mit ihr überhaupt nicht gegeben. Als wäre es bloß ein Film gewesen, nichts Echtes. Ein Film mit abruptem Ende. Ich hasste abrupte Enden.

»Ich muss weiter, Theo«, hatte sie freundlich, aber entschieden gesagt. »Die Übezellen sind da hinten die Treppe runter.«

»Woher weißt du, dass ich üben will?«, hatte ich gefragt.

»Willst du denn nicht üben?«

»Schon, aber ...«

»Na dann«, hatte sie mir das Wort abgeschnitten und zum ersten Mal klang sie etwas kühler, »erfolgreiches Üben.« Sie wandte sich um und bog um die Ecke.

Ich wollte nicht, dass sie weglief. Am liebsten wollte ich sie festhalten. Richtig fest packen wollte ich sie und erschrak über den Gedanken. »Vielleicht müssen wir ja irgendwann noch mal in dieselbe Richtung!«, rief ich ihr nach, kurz bevor sie durch eine Metalltür verschwinden konnte.

Sie drehte sich um und ich spürte ihren Blick, wie er mich von Kopf bis Fuß abtastete. Ich hielt die Luft an. Auf einmal sah ich mich wie durch eine Kamera mit fremden Augen. Meine schwarzen Schnürschuhe, die eigentlich nur für Konzerte gedacht waren und hier unten irgendwie fehl am Platz wirkten. Der dicke Ordner mit den Noten in meiner Hand. Das zerknitterte Hemd. Der Rucksack, den ich zum zwölften Geburtstag bekommen hatte. Das struppige Haar.

»Ich glaube nicht, dass wir in dieselbe Richtung wollen«, sagte sie.

Mir wäre es lieber gewesen, sie hätte es abschätzig gesagt. So, mit dieser sanften Stimme, war der Satz unerträglich. »Tschüss, Theo«, sie lächelte mir noch einmal zu, bevor sie endgültig durch die Metalltür verschwand. »*Arbeitsbühne Schauspiel*«, stand auf einem zerfledderten Zettel, der darauf klebte.

Zurück blieben ich und das sirrende Licht (es war ein zweigestrichenes D, glaube ich).

Ich schämte mich.

Es war eine andere Scham als die nach dem ausgespuckten Brühwürfel. Nicht dafür, was ich getan hatte, schämte ich mich. Ich schämte mich dafür, wer ich *war*.

Jung und dumm kam ich mir vor. Als hätte ich vergessen, mir von meiner Mutter das Lätzchen abnehmen zu lassen. Jung und dumm und angepasst und noch dazu null Ahnung im Bett. Es war ein schreckliches Gefühl.

Ich brauchte einige Sekunden, bis ich mich wieder gefangen hatte und mich wie ein Roboter mit meinem peinlichen Rucksack auf dem Rücken in Bewegung setzte.

Die Treppe runter.

In Richtung der Übezellen.

Und hier spielte ich jetzt. Kreischend und fehlerhaft die Sonate *Opus 10 Nr. 1* von Beethoven, eigentlich ein Liebeslied für irgendeine längst verstorbene Gräfin. Es klang immer noch zu schön, also sang ich mit. Mein Zahnarzt hatte mich mal »Spätzünder« genannt, denn der Stimmbruch hatte bei mir erst mit siebzehn eingesetzt. Richtig im Griff hatte ich meine tiefere Stimme immer noch nicht, es klang also ziemlich grauenhaft. Was ja auch das Ziel war.

»DAAAA-dadadada-DA!-DA!!«, sang ich laut und schrill. »DadadadaDAAAAda! DadadadaDAAAADAAA ...«

Ich konnte gar nicht mehr aufhören.

Irgendwann klopfte es an der Tür. Ziemlich laut, als wäre es nicht das erste Mal. Ich erstarrte kurz, dann sprang ich vom Klavier auf und öffnete.

Ein dickes Mädchen im Polo-Shirt stand im Gang. »Sorry, ich versuche nebenan Querflöte zu üben. Könntest du ... was auch immer du hier tust ... etwas leiser tun?«

»Klar«, brachte ich heiser hervor.

Unmittelbar nachdem sie weg war, raffte ich meine Noten zusammen, packte sie in meinen Rucksack, klappte den Flügel zu und ging.

Als ich ins Freie trat, war es dunkel und roch nach staubigen Blüten. Von außen wirkte die Akademie makellos. Ein Palast aus einer anderen Zeit ... Ich konnte noch nicht glauben, dass ich jetzt wirklich die nächsten Jahre dort ein und ausgehen würde. Die riesigen weißen Säulen vor dem Eingang, die Steinstufen, die langen Korridore mit den übenden Instrumenten ... Ob das alles jemals für mich normal werden würde?

Ich lief die fast leere Straße entlang bis zum leuchtenden U-Bahn-Schild.

Aus einem Biergarten klangen Pop-Musik und Gelächter.

Unfassbar, wie heiß es immer noch war.

Ich schaute auf mein Handy. Es war halb zehn. Außerdem zeigte das Display drei verpasste Anrufe und drei ungelesene Nachrichten meiner Mutter an.

Wie wars???, wollte sie wissen. Und ob ich auf der Gala Werner Stenzel gesehen hätte.

Die meiste Zeit war er gut zu sehen, tippte ich zurück, packte das Handy weg und rauschte die Rolltreppe runter in den U-Bahn-Schacht.

۷

Die Tage im Hochsommer haben eine besondere Melodie. Der Anfang ist noch ganz leise und munter, dann wird es richtig drückend und schwer, man weiß nicht mehr, wo einem der Kopf steht, alles dröhnt und schleppt sich, bis die Melodie plötzlich wieder ganz angenehm wird. Fast schmeichelnd klingt sie, leiser und leiser und doch noch viel länger, als man denkt, denn Sommertage sind episch. Meist kann man gar nicht sagen, wann genau der letzte Ton verklungen ist, er ist einfach

irgendwann

weg

...

»Du siehst zerstreut aus«, sagte eine alte Frau, die gerade ihren Müll nach draußen brachte, während ich die Tür zum Flur aufschloss. »Bist du der Musikstudent?«

Ich nickte.

»Meinem Sohn gehört diese Immobilie«, sagte sie. »Mein Sohn sieht nie zerstreut aus. Er ist ganz organisiert.« Ihr Blick verklärte sich. »Vielleicht hätte ich ihm auch mal ein Instrument schenken sollen ...«

»Ich bin Theo Sandmann«, sagte ich. »Gute Nacht!«

»Rosi.«

»Schlafen Sie gut!«

»Du auch«, sie packte mich mit ihren Augen. »Genieße deine Träume, Theo. Sie verblassen schneller, als man gucken kann.«

Ich nickte verwirrt. »Okay, versprochen.«

Jetzt lachte sie erleichtert auf. Ihre Augen leuchteten plötzlich ganz kindlich vergnügt, als sie laut wiederholte: »Theo Sandmann! Was für ein lustiger Name!«

Mit ihrem Kichern im Ohr schlief ich ein.

7

»Du siehst so in Gedanken aus«, sagte Derek beim Mittagessen.

Es war erst der dritte Tag, aber schon sehnte ich mich nach der allerersten Stunde zurück. Allein Goldsteins Gegenwart, seine warme Stimme, die zugleich höflich war und voller Neugierde, hatte mir das Gefühl gegeben, alles sei möglich. Ich hätte ihm gerne von dem Vorspiel bei Ludwig erzählt. Oder was ganz Neues mit ihm ausprobiert.

Eigentlich war es mir fast egal, was wir in der nächsten Stunde machen würden, Hauptsache, er hörte mir zu und sprach seine ruhigen Zauberworte.

Vielleicht war das Goldsteins Wundermittel: *Er hörte wirklich zu.*

»Hallo? Bist du wach?« Derek wedelte mit seiner Gabel vor meinen Augen. Es gab Kartoffelbrei mit Nudeln und Reis. Meine Mutter wäre entsetzt gewesen. (Seit sie nicht mehr im Ballett tanzte, arbeitete sie als Kellnerin in einem Reiche-Leute-Restaurant – da braucht man schließlich auch eine gute Haltung.)

»Ich hab nicht so viel geschlafen«, wich ich aus. Tatsächlich dachte ich an Aida.

»Ich hab auch wenig geschlafen«, grinste Derek und legte die Hand auf Michelles Schenkel.

Beleidigt schob sie sie weg. »Kommst du heute Abend zur Party?«, fragte sie mich.

»Welche Party?«, gab ich blöde zurück.

»Die Akademie-Sommerparty«, erklärte Michelle, »heute Abend ab acht Uhr.«

»In der Akademie?«

»Natürlich nicht. Die Party ist nur von Studenten organisiert. Sie findet im Veranstaltungsraum eines Wohnheims statt. Kronenstraße 17 c.« Sie seufzte. »Du solltest echt mal deine Mails lesen.«

»Also wir beide gehen hin«, verkündete Derek und diesmal schob Michelle seine Hand nicht weg. »Komm doch mit! Wird sicher cool.«

»Mal sehen«, sagte ich und erhob mich, um meine Kartoffel-, Nudel- und Reisreste zu den Geschirrständern zu bringen.

Ich hasste Partys. Vermutlich aus demselben Grund, aus dem ich Smalltalk nicht ausstehen konnte: Ich war nicht gut darin und deshalb hatte ich Angst davor.

Eine einzige Frage war es, die mich noch davon abhielt, einfach Nein zu sagen, wie ich es in der Schule getan hatte, und mir stattdessen für heute Abend eine Übezelle zu nehmen.

»Kommen die anderen Abteilungen auch?«, fragte ich, als ich zurück am Tisch war.

»Klar, die Party ist offen für alle«, sagte Derek. »Musik, Gesang, EMP, Schauspiel ...«

»Dann komme ich«, entschied ich.

»Cool«, sagte Derek.

»Kronenstraße 17 c«, wiederholte Michelle.

Ich nickte. Die beiden konnten nicht ahnen, wie viel Überwindung mich diese Zusage gerade gekostet hatte.

Ich wollte schon gehen, da fiel mir noch etwas ein. »Was

zieht man da an?«, fragte ich. Falls Aida da war, wollte ich nicht wieder wie ein Depp dastehen.

»Der Dresscode ist HAUPTSACHE GELB«, sagte Michelle. »Keine Ahnung, wer auf diese doofe Idee gekommen ist.«

»Alles klar«, sagte ich. Die einzigen Veranstaltungen mit Dresscode, die ich kannte, waren bisher alles Wettbewerbe gewesen.

»Lies am besten einfach die Mail«, empfahl Michelle. »Da steht alles drin.«

»Mach ich«, sagte ich. »Dann ... danke und bis später.«

»Bis später!«, antworteten beide im Chor.

7

Auf dem Heimweg machte ich Halt bei Starbucks, um mir die E-Mails herunterzuladen. Ich war noch nie zuvor bei Starbucks gewesen, weil meine Mutter den Laden so »laut und stillos« fand. Aber ich brauchte unbedingt WLAN für meinen Posteingang.

Es waren so viele Mails, wie ich noch nie innerhalb von drei Tagen erhalten hatte. Die Einladung zur Eröffnungsgala, eine Mail von Ludwig an alle Kursteilnehmer, eine von der Akademieverwaltung, noch eine von der Akademieverwaltung und eine persönliche Mail vom Rektor an alle Studierenden mit der Bitte, sich mit Hinweisen zu dem Vorfall auf der Gala unverzüglich zu melden. Ich löschte die letzte Mail und öffnete stattdessen die Einladung zu der Sommerparty. Sie strotzte nur so vor Ausrufezeichen:

Hallo, liebe alte und neue Hasen!
Das neue Semester hat begonnen!
Das wollen wir gemeinsam feiern!!
Da die Wettervorhersage in den nächsten Wochen nur noch Sonnen anzeigt, lautet der Dresscode diesmal:
HAUPTSACHE GELB!
Wir freuen uns sehr auf eine strahlende Tanznacht mit euch!!!

Darunter prangten wie eine Drohung drei fröhliche Tanz-Emojis und drei gelbe Sonnen.

Außerdem die Adresse, die Michelle mir bereits genannt hatte.

In einem Schluck kippte ich den letzten Rest meines schwarzen Kaffees hinunter und zahlte. Meine Mutter hatte recht gehabt, der Laden war wirklich zu laut.

ז

Beim Studentenheim handelte es sich um ein fünfzehnstöckiges Hochhaus aus Beton, das über und über mit Graffiti besprüht war (explodierende Roboter oder so was).

Wie misstrauische Augen glommen mir die schmalen Fenster entgegen und musterten mein Outfit: Das einzig Gelbe, was ich in meinen Umzugskartons gefunden hatte, war ein etwas zu großes, glänzendes Rüschenhemd. Meine Mutter hatte es schon beinahe weggeworfen wegen der Mottenlöcher, aber ich hatte es unbedingt behalten wollen, denn es war eine Verkleidung meines Vaters aus dem Ballett. Innen drin stand noch der Rollenname: *Don Quichotte.*

Ich zog die zerkratzte, gläserne Eingangstür auf und ging hinein.

Mein Herz klopfte hektisch, als ich mir vorstellte, Aida könnte vielleicht wieder in der Kabine des Aufzugs stehen. Doch als die Türen sich öffneten, war da nur ein zerrupfter Kerl in einem sehr leuchtend gelben Hemd.

Party 15. Stock stand auf einem Zettel, den jemand auf den Spiegel geklebt hatte.

Ich ordnete meine Haare und drückte die 15.

٧

Derek brach in lautes Lachen aus, als er mich entdeckte. »Oh Mann, Sandmännchen, du hast ja mal wieder den Vogel abgeschossen!«

»Hattest du nichts *Normales*?«, fragte Michelle vorwurfsvoll.

Ich schüttelte den Kopf.

Es war kurz nach halb neun und ich war mit Abstand die gelbste Person der ganzen Party.

»Gelb genug ist es jedenfalls«, bemerkte Michelle. Sie trug gelbe Ananasohrringe.

»Sollten wir nicht alle in Gelb kommen?«, fragte ich Derek, der die Rastalocken offen, Jeans und ein weißes Shirt trug.

Derek präsentierte lächelnd ein paar gelbe Socken – ebenfalls mit Ananasmuster. »Woher hast du denn dieses Ding?« Er zupfte an meinem Rüschenkragen.

Es war stickig. Die Decke hing niedrig über den schmalen Fenstern, die sich anscheinend nicht öffnen ließen. Zu meiner Erleichterung tanzte noch niemand, also wurde das wohl auch nicht von mir erwartet.

»Woher du das Ding hast?«, wiederholte Michelle.

»Von meinem Vater«, antwortete ich.

»Und dein Papa ist Clown?«, grinste Derek.

»Nein, Balletttänzer.«

»Oh«, machte Michelle und für einen Augenblick leuchtete in ihren Augen so etwas wie Interesse an mir. »Wo denn?«

»Am Hamburger Staatsballett.«

»Oh«, machte Michelle wieder. »Hat er auch im *Schwa-*

nensee mitgespielt? Das hab ich mir letztes Jahr in Hamburg angeschaut.«

»Hat er früher mal getanzt«, sagte ich. »Aber er tanzt nicht mehr.«

»Ich hab auch mal überlegt, Tanz zu studieren«, sagte Michelle, »aber im Tanz-Business ist die Karriere so kurz. Geht dein Vater jetzt in Richtung Choreographie?«

»Eher nicht«, sagte ich. »Wo habt ihr eigentlich eure Getränke her?«

»Von der Bar natürlich«, sagte Derek und zeigte zwei Meter weiter zu einem von Pappschildern umgegebenen Tresen.

»Ah, natürlich«, sagte ich und ging hinüber, um mich in die Schlange zu stellen.

Während ich an der Bar wartete, fiel mir wieder ein, warum ich so selten auf Partys gewesen war. Es war nicht nur das Unbehagen. Ich fand sie vor allem sterbenslangweilig.

Außer mir schienen alle in eifrige Gespräche vertieft, selbst in der Schlange. Die Musik spielte noch in mäßiger Lautstärke. Irgendwelche Popsongs aus dem Radio, die mir vage bekannt vorkamen. Für mich klingen Popsongs irgendwie alle gleich, deshalb kann ich mir auch keinen merken. Acht Takte Intro, acht Takte Strophe. Acht Takte Refrain ... alles bestehend aus denselben wenigen paar Akkorden.

Ich hielt vergeblich Ausschau nach grünen, langen Haaren. Vielleicht kam Aida ja später.

Oder gar nicht.

Ich beschloss, nur noch eine halbe Stunde zu bleiben. Höchstens!

Als ich mit meinem Bier zurückkam, hatten Derek und Michelle noch zwei andere Musiker aus dem ersten Semester aufgegabelt und sprachen anscheinend über irgendwelche Akademiesachen, während die Bässe vor sich hin wummerten.

»Dürfen Erstsemestler denn überhaupt an dem Wettbewerb teilnehmen?«, fragte ein dickes Mädchen gerade. Ich erkannte ihre Stimme sofort. Es war die Querflötistin von gestern aus dem Keller.

»Karlotta«, stellte sie sich mir vor, runzelte kurz die Stirn über mein Outfit und wandte sich dann wieder an die anderen. »Ich würde super gern mitmachen! Man kann nicht nur Geld gewinnen, sondern auch einen Solo-Auftritt in der Staatsphilharmonie. Das wäre so unglaublich!«

»Soviel ich weiß, dürfen Erstsemestler nur mit einer besonderen Genehmigung des Hauptfachlehrers teilnehmen«, sagte Michelle.

»Und die kriegt man nur bei besonders guten Leistungen«, ergänzte ein weiterer Student aus dem ersten Semester, der anscheinend mit mir im Unterricht saß, an den ich mich aber nicht erinnern konnte.

»Wie viel Geld gibt's denn zu gewinnen?«, fragte Derek.

»Zehntausend«, antwortete Michelle, »und außerdem diesen Solo-Auftritt ...«

Ganz kurz stellte ich mir vor, was ich für zehntausend Euro alles kaufen könnte. Reisen könnte ich ... an all die Orte, an denen meine Eltern früher aufgetreten waren und die ich nur von Fotos kannte.

»Wow«, machte Derek. »Das ist schon cool. Gerade dieser Solo-Auftritt ...«

»Werner Stenzel hat eben Connections«, sagte Karlotta.

Ich spähte hinüber zur Tanzfläche. Inzwischen war dort ein wenig mehr Bewegung. Einige Leute zappelten zaghaft zur Musik.

Von Aida keine Spur.

Dafür entdeckte ich Raúl, der allein mit seiner zerschlissenen Gitarrentasche auf der Schulter am Fenster stand.

Karlotta tippte mich an. »Sag mal, kann es sein, dass du der Typ bist, der gestern Abend so laut gejault hat?«

»Äh ... keine Ahnung, was du meinst.«

»Außergewöhnliches Oberteil jedenfalls.«

»Danke.«

Sie wandte sich wieder an die anderen. »Was meint ihr, wie hoch sind die Gewinnchancen als Erstsemestler?«

Ohne nachzudenken oder mich zu verabschieden, verließ ich die Gruppe und lief zu Raúl hinüber. Die anderen redeten einfach weiter, ich glaube, sie bemerkten es nicht mal.

Raúl grinste mich an. »Hi, Blockflöte.«

»Hi, Cello.«

Sein Grinsen wurde breiter. »Wie geht's?«

Ich zuckte mit den Schultern. »Ich mag keine Partys.«

»Du meinst das hier?«

Ich nickte.

Raúl lachte. »Das ist doch keine Party.«

»Nicht?«, fragte ich verwundert.

»Komm mal mit.« In Slalomlinien bahnte er sich den Weg durch die Studententrauben, und weil ich nichts Besseres zu tun hatte, folgte ich ihm.

»Wohin willst du denn?«, fragte ich, als wir im Flur bei den Aufzügen standen.

»Nach oben.«

»Aber wir sind doch schon ganz oben ...«

»Komm!« Er schob mich einen schmalen Korridor entlang bis zu einer Glastür.

Dachzugang, stand darauf, *Zutritt nur mit Genehmigung.*

Raúl grinste mich an. »Du siehst witzig aus. Komm, ich zeig dir 'ne richtige Party.«

Das Erste, was mir auffiel, war die andere Musik.

Die Töne, die mir durchs dunkle Treppenhaus entgegenschallten, klangen weniger nach Radio und mehr nach ... *New York.*

Ich war noch nie außerhalb Europas gewesen, aber so stellte ich es mir vor. Größer, wilder, dreckiger.

Ich liebte sie auf Anhieb. Obwohl sie ganz anders und viel einfacher war als alles, was ich am Klavier spielte.

Lächelnd hielt mir Raúl die Tür auf.

Oben auf dem Dach war es kaum kühler als unten, aber nicht mehr stickig. Ich sog die blaue Nachtluft ein, genauso gierig, wie meine Ohren die Musik inhalierten.

Sterne konnte ich keine erkennen, dafür war die Stadt zu hell.

In jede Himmelsrichtung ragten beleuchtete Kräne.

»Besser?«, fragte Raúl.

Ich nickte. Ich war immer noch dabei, mich umzusehen. Es waren nicht mehr als zwanzig Leute hier oben. Sie waren von kleinen, flackernden Lichtern umgeben, anscheinend Kerzen, ansonsten leuchtete nur die Lautsprecherbox. Den offiziellen Raum der Party hatten wir offensichtlich verlassen.

Ein paar der Leute schauten sich neugierig zu uns um, als wir die Dachlandschaft betraten. Zwischen den Betonfliesen spross Gras und sogar Schnittlauch. Drei Antennen staksten frei in die Luft.

Ein Geländer gab es nicht, wie ich mit Schrecken bemerkte.

»Die da drüben kenn ich«, raunte Raúl. »Die gehören zu den Guten.«

Ich richtete den Blick schnell auf ein Grüppchen in der Mitte des Daches, bevor meine Knie weich wurden. Seit ich stehen kann, habe ich Höhenangst.

Mir fiel ein recht kleines Mädchen mit Nasenpiercing auf, das etwa in meinem Alter sein konnte. Bemerkenswert an ihr war, dass sie während des Sitzens die Beine lang ausstreckte und dabei lässig die eine Hand um ihre Zehen legte.

Neben ihr saß, sehr aufrecht, ein großer, blonder Typ, der

mich aus irgendeinem Grund an den eleganten Kater aus Disneys *Aristocats* erinnerte. (»Schnurrig« ist das Wort, das mir als Erstes zu ihm einfällt.)

Ich versuchte, den fünfzehn Stock tiefen Abgrund um uns herum zu vergessen.

»Das ist Theo«, stellte Raúl mich vor. »Der für Ludwig das Schlaflied gespielt hat.«

Die Gruppe lachte, doch es klang kein Hohn darin mit.

»Welch ein fantastisches Hemd«, stellte der große Blonde fest. Er hatte einen ganz leichten französischen Akzent.

Ich wurde rot und war froh, dass es hier oben so dunkel war.

»Er kann sich doch auch selbst vorstellen«, sagte das Mädchen mit dem Nasenpiercing (ich hoffte inständig, es möge nicht die Geigerin von der Eröffnungsgala sein).

»Keine Scheu!«, ermunterte mich der Blonde.

»Jetzt setz dich doch erst mal«, sagte ein anderer Typ, der schon um die dreißig sein musste, aber eine bunte Pokémon-Kappe trug.

»Wir beißen auch nicht.« Wieder lachten einige.

Ich hockte mich hin.

Mein Herz schlug fast so sehr wie bei der Aufnahmeprüfung – vermutlich wegen der Höhe, aber vielleicht war es auch noch etwas anderes.

Ausgerechnet jetzt war das Lied zu Ende und es wurde ganz still, nur der Verkehr rauschte in der Ferne.

Ich merkte, dass die anderen mich neugierig ansahen.

»Ich, äh … ich bin Theo Sandmann«, brachte ich hervor,

»… und das ist die interessanteste Party, auf der ich jemals war.« Aus irgendeinem Grund applaudierten die anderen.

»Oha! Wenn selbst ein Partykenner wie du das sagt«, das Piercingmädchen hob ironisch die Brauen.

Die Musik setzte wieder ein.

»Ich mag die Musik«, sagte ich. »Was ist das?«

»Otis Redding«, gab Raúl zur Antwort. Mit einer solchen Selbstverständlichkeit in der Stimme, dass ich nicht zuzugeben wagte, dass ich keine Ahnung hatte, wer das war. Das Singen klang jedenfalls irgendwie soulig.

Er setzte sich im Schneidersitz neben mich und begann sich eine Zigarette zu drehen. »Willst du auch?«, fragte er mich.

»Nein danke, ich rauche nicht.«

»Das hat doch damit nichts zu tun«, sagte das Piercingmädchen. »Ich rauche auch nicht.«

Raúl kramte eine zerkratzte, lila Metalldose hervor, packte ein paar Krümel aus einem Tütchen hinein und drehte sie unter ratschenden Geräuschen hin und her.

»Wird das ein Joint?«, fragte ich.

»Nee, 'ne Geburtstagstorte«, entgegnete das Piercingmädchen.

Der blonde Typ erhob sich und streckte ihr eine Hand hin. »Tanz doch lieber mit mir, statt giftige Kommentare zu machen.« Mit einem Blick zu mir fügte er hinzu: »Mein Name ist übrigens Valentin.« Er sprach den Namen französisch aus, wodurch er klang wie von einem Prinzen aus Versailles.

Dann zog er das Mädchen zu sich hoch und von jetzt auf gleich tanzten sie auf dem Dach.

Eine der ältesten Erinnerungen, die ich ans Ballett habe, ist, wie einem der Tänzer bei der Generalprobe die Achillessehne riss. Ich war vier Jahre alt und durfte, weil ich ein so stilles Kind war, ganz nah auf dem äußeren Bühnenrand sitzen. Deshalb erinnere ich mich noch genau an das Geräusch, das wie ein Peitschenschlag klang, als der Tänzer direkt neben mir plötzlich in die Knie ging und sich die Wade hielt.

Ich träumte noch oft von diesem Knallen und dem unterdrückten Stöhnen des jungen Mannes.

Vielleicht war das einer der Gründe, weshalb alle Mühen meiner Mutter, aus mir einen Tänzer zu machen, zum Scheitern verurteilt waren. Ich war einfach nicht hart genug für diese Welt. Tanzen war für mich von vornherein etwas Ernstes und durch viele Schmerzen Erkämpftes.

Als ich Valentin und das Mädchen unter freiem Himmel über die Dachfläche wirbeln sah, packte mich zum ersten Mal so etwas wie Neid beim Anblick tanzender Leute. Sie schienen sich kontrolliert und sicher zu bewegen und trotzdem flogen sie nur so über den Boden. Ein bisschen sahen sie aus wie zwei Eiskunstläufer, dabei waren sie barfuß und die Betonfliesen ganz bestimmt nicht glatt.

Das Mädchen, das vorher so ruppig gewirkt hatte, bekam auf einmal ein ganz weiches Gesicht, als Valentin sie an der Hüfte fasste und drehte.

Es war mir unmöglich, wegzusehen. Seit langer, langer

Zeit bekam ich wieder ein bisschen Lust, selbst zu tanzen. Es wirkte so frei, so liebevoll. Und so verdammt erotisch …

Raúl pfiff durch die Zähne. Ich verstand ihn gut.

Alle auf dem Dach schauten zu, als Valentin dem Mädchen sacht übers Gesicht strich und sie daraufhin sofort die Augen schloss.

Ohne ein Zögern in den Beinen ließ sie sich blind von ihm führen.

Mir rutschte das Herz in die Hose, als ich sah, wie sie die Dachkante entlangglitten. Gleichzeitig war ich mir auf einmal todsicher, sie würden nicht fallen. Dafür waren sie viel zu … überirdisch.

Die raue Stimme drang mir bis tief in die Seele, die Bläser röhrten durchdringend. Ich bekam eine Gänsehaut wie bei der Sängerin im Konzertsaal. Himmel, wo war ich hier gelandet? Was waren das für Götter?

Valentin fasste das Mädchen erneut an der Hüfte und sie ließ sich blind in den Abgrund hängen, die Füße gegen die Kante gestemmt.

Ich hielt die Luft an.

Wie konnte sie so ruhig bleiben? Wie konnte Valentin so ruhig bleiben?!

Sie schienen völlig versunken in die Musik, völlig im Gleichgewicht. Ganz leicht schaukelten sie hin und her …

Dann packte Valentin das Mädchen auf einmal fester an den Rippen, sie öffnete die Augen und er warf sie zurück in Richtung der Gruppe. Sie flog geübt als ein kompaktes Geschoss und landete nur wenige Schrittlängen von mir entfernt mit einer eleganten Rolle im Spagat.

»Angeber!«, rief irgendjemand, aber einige klatschten auch.

Das Mädchen sprang wieder auf die Füße und schüttelte die Beine aus.

Ich stand auf. Irgendwie konnte ich nicht mehr still sitzen. Etwas riss mich vom Boden. War es die Nacht? Die Begeisterung?

»Woher ... könnt ihr das?«, fragte ich.

»Wir haben seit drei Jahren zusammen Bewegungsunterricht«, antwortete sie. »Im Schauspielstudium.«

Genau wie Aida – schoss es mir durch den Kopf, und ganz kurz stellte ich mir vor, wie es wäre, so mit ihr zu tanzen.

»Kommt«, sagte Raúl. »Wir setzen uns an die Kante. Da hat man die beste Aussicht.«

Ich weiß nicht, was mir den Mumm gab – war es die Stimme von Otis Redding?

Doch ich tat es wirklich. Ich setzte mich zwischen Raúl und Valentin auf die Dachkante und blickte in die von Lichtern durchlöcherte Dunkelheit.

Meine Füße hingen im warmen Wind. Hinunterzuschauen verbot ich mir. Nur in die Weite.

In die Weite.

»Was meint ihr?«, fragte Raúl mit einer vom Rauch und der

Nacht plötzlich philosophisch klingenden Stimme. »Kann man durch Musik zum Orgasmus kommen?«

»Kommt auf die Musik an«, sagte Valentin.

»Also durchs Tanzen geht's«, sagte das Piercingmädchen trocken und stieß Valentin in die Seite, worauf er und sie giggelten wie kleine Kinder.

»Du warst noch nicht auf so vielen Partys, oder?«, fragte mich Valentin, als er sich wieder eingekriegt hatte. In seiner Stimme schwang nichts Arrogantes mit, als er das fragte, bloß ehrliche Neugierde.

»Nein«, antwortete ich. »Meine Mutter macht sich ziemlich schnell Sorgen ... und außerdem find ich Partys langweilig.« Ich versuchte, meiner Stimme einen festen Klang zu geben, aber ein wenig bebte sie trotzdem.

»Langweilig?«, fragte Valentin erstaunt.

»Lass ihn doch«, rief das Piercingmädchen. »Er ist halt so ein typischer Klassik-Nerd. Die machen nur tagsüber Musik.«

»Also die *Mondscheinsonate* ist bestimmt nicht tagsüber entstanden«, gab ich zurück.

Valentin lachte. »Für einen Klassiker bist du ganz schön schlagfertig.« Er nahm einen Zug von Raúls Joint und hielt ihn anschließend mir hin. »Willst du auch?«

Ich zögerte. *KEINE DROGEN,* hatte mir meine Mutter eingeschärft. Was auch immer passiert, *KEINE DROGEN.*

»Ich hab noch nie gekifft«, sagte ich.

Das Mädchen schnappte Valentin die Tüte aus der Hand und nahm einen tiefen Zug. »Das Wichtigste beim Kiffen«, verkündete sie mit rauer Stimme, »ist die richtige Gesellschaft.« Sie schlang den Arm um Valentin. »Valentin ist der liebste Mensch des Planeten. Und ich bin Phyllis. So wie Syphilis.« Sie deutete eine Verbeugung an und mir wurde fast schwindelig, als ich sah, wie tief sie sich dem Abgrund näherte.

»Phyllis ist momentan etwas gestresst, weil sie Krach mit ihrem Rollenlehrer hat«, erklärte Valentin.

»... weil mein Rollenlehrer ein verdammter Wichser ist«, korrigierte Phyllis.

»Ich würde gerne mal probieren«, sagte ich.

»Wichsen?«, fragte Phyllis. »Tu dir keinen Zwang an!«

Valentin knuffte sie in die Seite. »Sei nicht so kratzbürstig, Phyllis. Theo hat dir nichts getan.« Er reichte mir mit eleganter Geste den Joint. »Bitte sehr.«

Ich nahm das Ding zwischen die Finger und steckte ihn mir in den Mund.

»Du musst ziehen«, knurrte Phyllis. »Hast du schon mal an einer Zigarette gezogen?«

Ich schüttelte den Kopf.

»Stell dir vor, du erschreckst dich«, riet Valentin.

»*Huch, Mama kommt!*«, demonstrierte es mir Phyllis mit aufgerissenen Augen.

Ich dachte kurz an meine Mutter, verscheuchte das Bild, lauschte noch einmal kurz auf die warme Stimme von Otis Redding und zog.

Husten musste ich nicht, aber es fühlte sich so an, als würde ein brennend heißer Wind mir durch die Luftröhre bis tief in die Lunge fegen. Automatisch verengte sich mein Brustkorb.

»Oha, das war ein großer Zug für den Anfang«, hörte ich irgendwen sagen und dann hörte ich nichts als das Rauschen in meinen Ohren wie eine Störung des Empfangs. Vor die Lichter der Stadt schoben sich schwarze Flecken, und das ist alles, an das ich mich erinnere, denn kurz darauf wurde es zappenduster.

7

Das Nächste, was ich sah, waren Aidas Augen. War ich tot? Träumte ich?

Ihre grünen Augen, Aidas Gesicht, das sich über mich beugte. Wäre nicht dieser durchdringende Blick, ich hätte sie kaum erkannt, denn ihre Haare waren diesmal schulterlang und knallgelb.

Vielleicht lag ich auch im Koma und fantasierte vor mich hin, überlegte ich. Nur, warum war mir dann so speiübel?!

Ich roch Schnittlauch. Der Untergrund, auf dem ich lag, war hart.

Es waren die Dachfliesen.

Aidas Gesicht verschwand aus meinem Blickfeld.

»Ihr Idioten«, fuhr sie die anderen an. »Er wäre beinahe vom Dach gefallen.«

Ich rappelte mich auf, sodass ich saß. In meinem Kopf drehte sich alles. Ich blickte nach oben.

Die anderen standen im Kreis um mich herum.

»Es tut mir leid«, antwortete Valentin zerknirscht. »Aber es ist ja nix passiert. Ich hab ihn gerade noch zu packen bekommen.«

»Konnten wir doch nicht wissen, dass der direkt beim ersten Zug aus den Latschen kippt«, murmelte Phyllis.

Raúl guckte schuldbewusst.

»Ihr solltet weniger kiffen«, stellte Aida fest. »Alle.«

Sie hielt mir eine Hand hin – gelbe Fingernägel diesmal – und wieder erspähte ich das Zeichen über ihrer Pulsader. »Die härteste Droge«, sagte sie kühl, während sie mich unsanft auf die Beine zog, »ist das Leben selbst.«

Und damit drehte sie sich in die entgegengesetzte Richtung um und schritt davon.

Im ersten Moment stand ich wie erstarrt. Aida! Hier oben! Und ich hatte es tatsächlich geschafft, nicht nur NOCH blöder auszusehen als beim letzten Mal, sondern mich auch wie ein kompletter Waschlappen aufzuführen. Ein Volltrottel.

In meinen Ohren rauschte es wieder, das Blut kehrte langsam zurück und auf einmal schoss mir dazu noch etwas anderes in den Kopf, etwas Heißes. War es Wut? Oder Verzweiflung? Ich wartete kurz, bis das Schwanken nachließ, ignorierte die anderen und stürzte Aida hinterher die Treppe runter.

Sie hatte schon fast die Glastür erreicht.

»Ich weiß, dass du es warst!«, rief ich ihr atemlos nach. »Du hast das Laken auf Stenzel geworfen!« Die Worte hallten in dem kahlen Treppenhaus. Woher hatte ich bloß den Mut dazu gehabt? Vielleicht lag es daran, dass mir hier oben ohnehin alles so merkwürdig vorkam.

Rückartig blieb Aida stehen, mit dem Rücken zu mir.

Ich lief weiter die Treppe hinunter, bis ich die letzten Stufen erreicht hatte.

Ganz langsam drehte sich Aida zu mir um. »Wer hat dir das erzählt?«, fragte sie, so betont entspannt, dass ich mir sicher war, dass ich recht hatte.

Wieder kann ich nicht sagen, woher ich die Kühnheit nahm, das zu tun, was ich tat: Ich ging einen Schritt auf sie zu, griff nach ihrem Handgelenk und entblößte das Zeichen. »Daran hab ich dich erkannt«, sagte ich. »Z wie ZUKUNFT.«

Ich hörte Aida scharf einatmen. Die Hand entriss sie mir

nicht. »Ich empfehle dir, dich da rauszuhalten, Theo«, sagte sie ruhig.

»Der Rektor hat gesagt, wir sollen uns mit Hinweisen bei ihm melden.« Ich ließ ihre Hand los, bevor sie sie mir wegnehmen konnte.

Aida antwortete nicht.

»Er hat extra noch mal eine E-Mail an alle geschickt«, fügte ich hinzu. »Es scheint ihm echt wichtig zu sein, die Verantwortlichen zu finden.« Ich fühlte mich nicht gut dabei, als ich das sagte. Aber ein drittes Mal stehengelassen werden wollte ich auf keinen Fall.

Aida blieb weiterhin reglos. »Also schön«, sagte sie endlich und auf einmal klang sie ganz sachlich. »Es gibt zwei Möglichkeiten. Entweder du gehst zurück zu den anderen und vergisst die Sache. Du hast ja ohnehin genug zu tun! Dann könntest du dich ganz aufs Üben konzentrieren, auf deinen Unterricht und auf die anderen aus deinem Semest...«

»Und was ist die andere Möglichkeit?«, unterbrach ich sie.

»Möglichkeit zwei«, sie senkte die Stimme. »Du kommst morgen Nacht um Mitternacht auf die Arbeitsbühne im Keller. Verkriech dich so lange in eine Übezelle. Ab elf Uhr abends kommt man in die Akademie nicht mehr rein, nur noch raus.«

Ich nickte nach jeder einzelnen Info.

»Sprich mit niemandem darüber.«

Wieder nickte ich. Diese ganze Situation war noch viel surrealer als unsere erste Begegnung!

»Und denk noch mal in Ruhe darüber nach, ob du dich

nicht doch lieber aufs Üben konzentrieren willst«, empfahl Aida. »Ich meine das ernst, dein Leben würde sehr viel
schwieriger werden, wenn du kommst. Sehr viel schwieriger.«

»Ich werde kommen«, sagte ich.

»Schön«, sagte Aida. »Es ist deine Entscheidung.«

Von oben hörte ich Raúl, der nach mir rief. »Theo! Du hast
deinen Rucksack vergessen!«

»Sprich mit niemandem darüber«, wiederholte Aida.

»Bis dann!«, rief ich ihr nach, als sie um die Ecke verschwand. Und wankte dann die Treppenstufen zurück nach
oben, um meine blöde alte Schultasche zu holen.

7

»Na, was hat sich seit unserer letzten Stunde getan?«, wollte Goldstein wissen. »Was haben Sie heute mitgebracht?«

Es war Donnerstagnachmittag. Derselbe Raum wie zu Beginn der Woche, derselbe Geruch nach ungespülten Kaffeetassen und vergilbtem Papier. Goldstein saß auf einem Stuhl neben mir. Diesmal hatten wir uns gleich an den Flügel begeben.

Ich schaute auf die Tasten, die so makellos schwarz und weiß auf mich warteten wie immer.

»Es hat sich«, sagte ich vorsichtig, »einiges getan.«

Goldstein schwieg, er sah mich nur ruhig und neugierig an.

Ich schaute wieder auf die Tasten. Auf einmal gefiel sie mir nicht mehr, diese Makellosigkeit der Tasten. Sie kamen mir so tot vor. Ich dachte an das Treffen mit Aida heute Nacht. Was hatte sie damit gemeint, mein Leben würde schwieriger werden?

»Sie denken nicht an Musik, oder?«, fragte Goldstein.

Ich schüttelte den Kopf.

Goldstein lehnte sich auf seinem Stuhl zurück und ließ den Blick auf das gerahmte Bild über den Flügeln schweifen. Es war ein wogendes Kornfeld, das aus unzähligen winzigen bunten Tupfen bestand.

»Die erste Zeit an der Akademie kann sehr verwirrend sein«, sagte er. »So viel Neues kommt ... Vergangenes bricht auf ... dazu die Hormone des Hochsommers ...«

Ich wurde rot und vertiefte mich in das Kornfeld auf dem Bild, als wäre es ein Fenster. Ich wäre gerade gern dort draußen zwischen den rauschenden Ähren abgetaucht.

»Ich werde hier nicht in Ihrem Privatleben herumwühlen. Ehrlich gesagt interessiert mich das nicht die Bohne. Das Einzige, was ich Ihnen als Klavierlehrer dazu sagen kann, von Pianist zu Pianist, ist Folgendes.«

Jetzt wandte er sich doch direkt an mich: »*Vergessen Sie nicht, weshalb Sie hier sind, Theo. Das wäre sehr schade. Bitte vergessen Sie es nie.*«

An den Rest der Stunde erinnere ich mich nicht mehr. Aber an diese drei Sätze noch ganz genau.

Den Rest des Tages verbrachte ich mit Üben. Ich hatte mir einen Apfel und zwei Brötchen aus der Mensa mit nach unten genommen, damit ich zum Essen nicht unterbrechen musste. Und einen ganzen Haufen Noten. Brahms, Beethoven, Debussy ...

Die erste Stunde ging noch gut, da genoss ich es einfach, wie die vertrauten Klänge und Melodien meine Gedanken vertrieben.

Nach anderthalb Stunden kamen mir irgendwie alle Stücke ähnlich vor. Plötzlich dachte ich zur Abwechslung weder an Goldstein noch an Aida.

Ich dachte an Otis Redding. Auf einmal wollte ich nichts lieber, als ihn zu hören. Diese raue, dunkle, ungezähmte Stimme. Was war es, was mich daran so fasziniert hatte? Die Schwierigkeit des Stücks war es sicher nicht, die Melodien bestanden ja nur aus wenigen Akkorden. Und trotzdem war gestern allein durch das Hören seiner Stimme eine solche Welle des Muts durch mich hindurchgeströmt, dass es mich beinahe den Kopf gekostet hätte ...

Es ist, weil er nicht lügt, dachte ich, *er singt und es klingt so, als sei jedes Wort wahr.*

Ich kramte mein Handy hervor und wollte nach einem Song von ihm suchen, aber hier unten war kein Empfang.

Gegen halb elf war ich so müde, dass meine Finger nur noch wie programmiert in die Tasten griffen. Seltsamerweise kam ich dadurch sogar flüssiger durch die Stücke.

»Deine Hände sind klüger als du«, hatte mein alter Klavierlehrer manchmal gesagt, »du darfst ihnen ruhig etwas mehr vertrauen.«

Aber als ich die Augen kaum noch aufhalten konnte, brach ich irgendwann mittendrin ab.

Noch über eine Stunde, die ich hier ausharren musste. Und ich wusste nicht mal, wofür! Nur, dass es ein Geheimnis war. Dass es mein Leben verändern würde. Und dass es mit Aida zu tun hatte.

Brauchte es noch mehr Gründe?!

Ich schaute auf die Uhr – noch eine Stunde.

Ich beschloss, mich kurz hinzulegen, um Kraft zu sammeln. Die Zelle war winzig und der Boden knirschte unter den Schuhen vor Krümeln und Staub, aber wenn ich die Beine baumeln ließ, konnte ich mich kurz auf den Flügel legen.

Es war ja kein Konzert-Bechstein, sondern nur ein billiger, zerkratzter Yamaha-Flügel zum Üben.

Ich schaltete das Licht aus, hüpfte im Dunkeln auf den geschlossenen Deckel und ließ meinen Kopf auf das kühle Holz sinken.

Nur ganz kurz ...

Gefühlte zwei Minuten später riss mich der Wecker aus dem Schlaf und ich schoss nach oben. Gerade noch rechtzeitig fiel mir ein, dass ich auf dem Flügel lag. Ich tastete nach meinem Handy, schaute aufs Display und erschrak. Es war viertel nach eins. Offensichtlich hatte ich geschlafen wie ein Stein. Hoffentlich war Aida überhaupt noch da! Bei diesem Gedanken geriet ich in helle Panik. Was, wenn sie schon gegangen war!

So schnell wie möglich raffte ich meine Noten zusammen und stürzte aus der Zelle.

Es kam mir so vor, als würde ich durch ein unterirdisches, menschenleeres Labyrinth irren – was vermutlich daran lag, *dass* ich durch ein unterirdisches, menschenleeres Labyrinth irrte.

Die Bewegungsmelder der Leuchtröhren schienen entweder ausgeschaltet zu sein oder es gab keine.

Ich fröstelte in meinem kurzärmligen Hemd.

Jetzt bei Nacht kamen mir die Korridore, in denen sich Übezelle an Übezelle reihte, noch viel schmaler und länger vor als bei Tag. Und immer noch waren einzelne übende Instrumente zu hören, eine Tuba und weiter entfernt eine Geige, unglaublich.

Ich lief die Stufen hinauf zu der Metalltür, auf der im grünen Licht des Notausgangsschilds immer noch die Aufschrift *Zur Arbeitsbühne* prangte.

Es war eine schwergängige Kellertür.

Ein bisschen erinnerte sie mich an die des alten Fahrradkellers in meiner Schule. In der fünften Klasse war ich dort immer zu langsam mit meinem Fahrrad gewesen, sodass die schwere Tür beim Hineinschieben den Reifen einklemmte und die anderen Schüler hinter mir jedes Mal ungeduldig klingelten.

Noch heute zucke ich auf dem Bürgersteig zusammen, wenn ein Radfahrer an mir vorbeiwill.

Aber hier unten waren keine Radfahrer und es wollte auch niemand an mir vorbei.

Stattdessen hörte ich vom Ende des Korridors gedämpftes Singen.

Erst dachte ich, es wäre Aida, doch es waren mehrere Stimmen. Viele sogar.

Vielleicht hatte Aida die Boxen angeschaltet? Oder es gab unten eine Stereoanlage?

Ich blieb kurz stehen und lauschte.

Es war, als würde von unter mir eine Wärme aufsteigen, die mir von den Zehen bis in den strubbeligen Scheitel drang. Die Töne klangen lauter und lauter. Ich beschleunigte meine Schritte und erreichte endlich eine schwarze Metalltür.

Raum 0.17 stand da neben der Tür auf einem Schild. *Arbeitsbühne Schauspiel.*

Ich schluckte, sortierte meine Haare und drückte die schwere Tür auf.

Ich weiß nicht, welche Art von Geheimnis ich erwartet hatte. Aber ich hatte mit Sicherheit keinen *Sportunterricht* erwartet.

Phyllis, Raúl, Valentin und Aida saßen singend auf unsichtbaren Stühlen an der Wand. Ich fragte mich, wie lange sie schon so verharrten. Es sah ziemlich anstrengend aus.

Der Raum war komplett schwarz gestrichen, die Wände, die Holzdielen, alles schwarz bemalt. Einer der Scheinwerfer war angeschaltet und malte einen weißen Kegel auf den ansonsten dunklen Boden.

Als sie mich in der Tür stehen sahen, hörten sie schlagartig auf zu singen und wandten mir die Köpfe zu. »Theo!«, rief Aida und ließ sich von der Wand rutschen. Ihr nackter Kopf leuchtete weiß im Scheinwerferlicht. »Ich dachte schon, du hättest es dir anders überlegt.«

Die anderen folgten ihrem Beispiel und ließen sich ebenfalls auf den Boden gleiten, nur Phyllis blieb noch an der Wand sitzen.

Langsam fand ich meine Sprache wieder. »Ihr trainiert hier nachts?«

»Nicht wirklich«, sagte Phyllis und stieß sich mit einem Ächzen von der Wand ab. »Das war nur ein kleines Aufwärmen. Wusstest du, dass man viel länger Kraft hat, wenn man dabei singt?«

Ich schüttelte den Kopf. Nein, das wusste ich nicht.

Auch Phyllis hockte sich jetzt zu Aida auf den Boden. Ich machte ein paar Schritte hin in ihre Richtung, aber Phyllis stoppte mich mit einer Handbewegung. »Erst Schuhe ausziehen.«

Ich band mir die Schnürsenkel auf.

»Ich glaube, wir machen einen ziemlich seltsamen Eindruck auf ihn«, stellte Aida fest. »Aber du hast dich ja selbst dazu entschlossen, zu kommen.«

»Wir sind dir sehr dankbar, Theo, dass du uns nicht verraten hast«, sagte Valentin.

Immer noch brachte ich kein Wort heraus.

»Setz dich doch neben Valentin«, schlug Aida vor, »der hat dir ja gestern schon den Hals gerettet ...«

Einladend klopfte Valentin neben sich auf den Holzfußboden.

Aida lächelte mir zu. »Willkommen im Untergrund, Theo.«

Die Wärme des Bodens ging über auf meine Haut und auf einmal war ich froh, so froh, hier zu sein, mit den anderen auf den schwarzen Dielen zu sitzen. Obwohl ich noch keinen Schimmer hatte, was hier vor sich ging.

Aida stand auf.

Ihr Schädel leuchtete im Scheinwerferlicht, während sie anfing, zu sprechen: »Seid ihr wach?«

Das war immer ihre erste Frage, bei jedem einzelnen Treffen.

Wir nickten.

»Gut. Dann spreche ich jetzt mal ein paar Gedanken laut aus.«

Später habe ich probiert, ihre Rede aufzuschreiben. Sie gingen mir nicht mehr aus dem Kopf, ihre Worte, deshalb habe ich sie ungefähr notiert, morgens um vier. Ich hatte gehofft, dadurch wieder schlafen zu können (was nicht funktioniert hat).

Natürlich sind das nicht wirklich ihre Worte, sondern deren Echo. Ein Nachhall in meinem Kopf:

Aidas 1. Rede

Wir müssen uns jeden Tag neu daran erinnern. Worum es geht. Notfalls Zettel aufhängen! Die Gewichtung in der Welt stimmt nicht. Alles ist verdreht und gefiltert und seltsam sortiert, das Wichtigste ganz unten in den Regalen. Alles ist manipuliert. Es ist paradox: Wir haben die besten Psychologen und Mediziner, aber sie sitzen genauso in der Wirtschaft wie in den Krankenhäusern. Sie rechnen zum Beispiel aus, wie viel Zucker in Kartoffelchips enthalten sein muss, damit sie süchtig machen. Oder wie eine Werbung anfangen muss, damit man möglichst nicht auf »Überspringen« klickt. Sie rechnen alles aus.

Früher wollten sie nur unser Geld, heute vor allem unsere Zeit. Unsere Aufmerksamkeit. Unsere Clicks. Attention ist eine Währung geworden, wertvoller als Gold. Es ist bizarr, was Menschen alles dafür tun, bekannt zu werden. Regenwürmer essen. Sich mit einer riesigen pinken Handtasche von einem Sprungturm stürzen und dabei fotografieren lassen.

Es ist noch bizarrer, was sich Konzerne ausdenken, um mit Klicks und Einschaltquoten Geld zu machen. Öffentliche Bootcamps veranstalten. Jungen Mädchen alberne Aufgaben stellen und dabei ihre Körper bewerten.

Und sie sind alle so schlau ...

Aus Unterhaltung ist Berechnung geworden, aus Filmegucken Binge Watching, aus Lebensmitteln sind Suchtstoffe geworden, aus Konzerten nur noch Lichtspektakel, aus Kommunikationsgeräten Isolationsgeräte.

Wir haben aus den Augen verloren, worum es wirklich geht.

Das Seltsame ist doch: Wenn etwas Schlimmes einmal geschieht, dann ist es ein Verbrechen. Wenn es täglich passiert, wird es zur Normalität.

Es gibt so viel offensichtliche Ungerechtigkeit, so viel sinnlose Gewalt und gerade, weil sie so offensichtlich sind, weil sie täglich geschehen, gerade deshalb passieren sie immer wieder. Die beste Tarnung für Unrecht scheint in der jetzigen Zeit nicht das Verbergen zu sein, sondern die ständige Wiederholung, wieder und wieder und wieder, bis alle dagegen abstumpfen und nur noch hoffen, dass es einen nicht selber trifft – bloß nicht einen selbst! –, und widerstandslos weiter mitspielen, um nicht erwischt zu werden.

Auch hier an der Akademie. Die Leute vergessen, dass es so eigentlich nicht sein soll, dass das nicht die Idee war, als diese Akademie gebaut wurde. Dass es hier mal um Kunst und Handwerk ging und nicht um die Sympathie eines einzigen, einflussreichen Typen.

Wir sind Künstler.

Wir alle wollen Menschen berühren, aber wie können wir das, wenn wir uns selbst nicht mehr berühren lassen, wenn wir abstumpfen? Wenn wir aber nicht abstumpfen, laufen wir Gefahr, den Verstand zu verlieren. Weil Unrecht, das täglich passiert, einen wahnsinnig macht, wenn man es täglich realisiert.

Was können wir also tun, wenn wir nicht abstumpfen wollen?

Wir müssen dagegen vorgehen. Wir müssen zeigen, dass wir nicht einverstanden sind.

Wir müssen aufbegehren gegen alle, die uns zu betäuben suchen, wir müssen zurück zu unserer Freiheit finden.

Freiheit heißt nicht allein, viele Optionen zu haben, sondern sich zu entscheiden. Freiheit heißt sich beschränken. Auf das, was wichtig ist. Die Wirtschaft will genau das Gegenteil. Sie will Wachstum, Wachstum, Wachstum.

»You gotta serve somebody«, hat Bob Dylan gesungen. Dafür hat er sogar einen Nobelpreis bekommen.

Darin sind wir ganz groß, Preise zu verleihen. Die Rebellen loben und auszeichnen, in der Hoffnung, sie dadurch zu zähmen. Aber wir lassen uns nicht zähmen. Wir sind hungrig und wach und wir werden sie verteidigen, diese Wachheit, diesen Hunger. Als ginge es um unser Leben.

Denn es geht um unser Leben.

Und mit einem hat der Direktor recht, so viel er auch sonst um den heißen Brei herumredet. Wir sind tatsächlich DIE ZUKUNFT!

Was ich über ihre erste Rede sagen kann:

Sie nahm uns mit.

Aida brachte all das auf den Punkt, was ich schon oft gespürt hatte, aber nicht hätte formulieren können. Selten war ich so wütend auf die Welt. Selten wollte ich so viel ändern.

So war Aida! Ihre Stimme war wie die Prinzessin aus der Arie. Eine Flamme, die auf uns überging.

Am liebsten wollten wir Staudämme einreißen und Häuser belagern. Uns war so danach. Am liebsten wollten wir es tanzend tun.

Wir klettern durch ein Fenster nach draußen, um nicht vom Pförtner gesehen zu werden. Einer nach dem anderen hüpfen wir über das Fensterbrett und raus in die laue Nacht.

Zusammen eine Straftat zu begehen, ist ein ganz anderes Gefühl als alleine.

Es fühlt sich nicht wie eine Straftat an. Weil man nicht der Einzige ist, der es tut. Und weil man dabei lachen kann.

»Wer wohnt da?«, frage ich.

»Na, wer wohl«, sagt Phyllis. »Werner Stenzel natürlich!« Ich frage mich kurz, ob wir es nur deswegen machen, weil es verboten ist.

Nein, denke ich dann, wir machen es, weil wir es wollen, so sehr wollen, dass wir es tun, *obwohl* es verboten ist, und das ist gut.

Man muss etwas vom Leben wollen, sonst gleitet man hindurch wie ein Geist – ein Spruch meines Vaters, den meine Mutter häufig zitiert.

Aida zieht etwas aus der Tasche. »Man nennt es *Reichweitenverlängerer*«, erklärt sie und lacht lautlos. Sie trägt jetzt keine Glatze mehr, sondern wieder die grüne Perücke. Die Haare leuchten im Licht der Straßenlaternen. Sie sieht fantastisch aus, gar nicht wie ein Geist und noch viel besser, als meine Mutter jemals ausgesehen hat.

Das Auto, das in der Einfahrt steht, sieht auch schön aus. Es ist ein schwarzer Tesla, makellos matt schimmernd im Schein der Laterne. Nein, keine Sorge, wir zerdeppern ihn nicht, wir wollen nur mal einen Blick hineinwerfen ...

Valentin erklärt mir im Flüsterton, was es mit einem *Reichweitenverlängerer* auf sich hat. Das ist ein Gerät, mit dem man die Funksignale eines elektronischen Schlüssels verlängern kann. So sehr verlängern, dass sie von drinnen im Haus bis runter zum Auto reichen.

Mir kommt das vor wie ein Zaubertrick. Ich muss es mit eigenen Augen sehen, um es glauben zu können. Doch wirklich, irgendwo dort oben in dem dunklen Haus muss er liegen, der Schlüssel, vielleicht in einer silbernen Schlüsselschale oder an eine Magnetwand gepinnt. Irgendwo dort oben muss er sein und seine Strahlen aussenden, oder wie auch immer man das nannte, jedenfalls geschieht es, das große Wunder: Der Wagen lässt sich öffnen – *Halleluja!* Mein Atem stockt, als ich sehe, dass die Türen *nach oben* aufklappen. Himmel, was ein Wagen ...

Hektisch springen wir hinein, alle fünf, als wären wir auf der Flucht und hinter uns stünde die Stadt in Flammen.

Aida sitzt am Steuer, natürlich, immerhin ist es ihr Reichweitenverlängerer und damit auch irgendwie ihr Auto. Zumindest gehört es ihr von uns allen am meisten.

Ich bin froh, den Platz neben Aida ergattert zu haben. Ich will genau sehen, wie ihre Augen durch die Dunkelheit huschen, ich will dabei sein, so nah wie möglich dabei sein und alles ganz genau so erleben wie sie.

Wir fahren langsam los, denn das Haus liegt am Hang.

Hinter uns höre ich die anderen atmen, so leise bewegt sich der Tesla. Oder ist das nur, weil die Wände so gut dämmen?

»Ziemlich geile Kiste«, flüstert Raúl andächtig.

»Scheiße, kann mich mal jemand hauen, damit ich weiß, dass das hier kein Traum ist?«, ächzt Phyllis und kurz darauf höre ich sie aufschreien: »Aua, nicht so fest, Raúl!«

Wir fahren bergauf zwischen all den teuren Villen hindurch über eine gewundene Straße.

Es ist ein unwirkliches Gefühl. Einen Moment lang fühle ich mich ganz klein und verloren in meinem Sitz. Es ist Diebstahl, was wir tun, es ist falsch, dieser Wagen ist zu teuer für uns, viel, viel zu teuer ...

»Denkt dran, euch anzuschnallen«, bittet Valentin von hinten und ich zurre mich fest. Der Sitz in meinem Rücken ist fest und weich zugleich, wie die Sitze einer Achterbahn.

»Hat mal jemand Musik?«, fragt Aida.

Raúl reicht ihr eine CD nach vorn, auf der steht mit Filzstift draufgekritzelt nur ein einziges Wort: *HOCHSOMMER* – und kurz darauf explodieren die Boxen.

I'm so excited! And I just can't hide it.
I'm about to lose control and I think I like it!

Aidas Stimme kitzelt auf meiner Haut, als sie laut mitsingt:

I'm so excited! And I just can't hide it.
And I know, I know, I know, I know, I know I want you!

Ich würde Jahre meines Lebens dafür geben, sie auch nur einmal ganz fest zu umarmen.

Auf einer Anhöhe halten wir an und steigen aus.

Dort oben sind keine Villen mehr, nur Schotter, Brombeeren und – natürlich – eine Baustelle. Zwei Kräne ragen in verschiedene Richtungen wie riesige Roboterarme.

Es ist still, jetzt wo die Musik nicht mehr läuft.

Niemand wartet auf uns. Das begreife ich ganz plötzlich, während ich so über das Gras und die Kieselsteine laufe. Niemand wartet da draußen auf uns. Im Gegenteil, die ganze Erdkugel ächzt und bebt unter unserer Anwesenheit. Es wäre besser für die Kugel, wenn wir nicht da wären, jedes Stückchen Wald, jeder Schmetterling und jeder Orang-Utan würden sich freuen, wenn es uns nicht gäbe.

Und trotzdem sind wir da.

Ja, da stehen wir auf dieser Anhöhe mit einem Wagen, der uns nicht gehört, lauschen in den Lichterkessel, der nicht unser Zuhause ist, und starren in den Sternenhimmel, den wir nicht verstehen. Und es ist schön, so wunderbar, dass wir da sind. Dass WIR am LEBEN sind.

»Junge«, seufzt Valentin, »das sieht ja beinahe hübsch aus.«

»Megageil sieht das aus«, sagt Phyllis und kneift mich in den Arm. »He, Theo, guck doch nicht so wie ein Schlafwandler.«

Aida lacht leise. »Keine Sorge«, sie greift nach meinem anderen Arm, sanfter als Phyllis. »Der schläft nicht.«

Nein, ich schlafe nicht. Aber ich träume. Ich weiß nicht genau, wovon, es ist nur eine Ahnung. Wie eine ferne Melodie, die aus dem Kessel zu mir hochweht. Traumhaft und sehnsüchtig ... als käme sie aus einer anderen Welt, einer Welt, die es jetzt noch nicht gibt, aber die es vielleicht, wenn wir Glück haben, eines Tages geben wird.

»Wir können alles ändern«, sagt Aida langsam, als hätte sie meine Gedanken erraten. »Alles, was du da unten siehst ... alles ... es muss nicht so sein. Es könnte auch anders sein.«

»Ja«, sagen Valentin und ich gleichzeitig.

Und dann schreit Phyllis: »Yes, *alles!*«, und Raúl: »AL-LES!«, und auf einmal rennen wir alle fünf los. Ich weiß nicht, wieso meine Füße im Dunkeln auf dem Abhang nicht ins Straucheln geraten, nur, dass die Melodie fast meinen ganzen Kopf ausfüllt, dass mein Herz pocht und meine Finger schwitzig sind vor Freude, als ich Aidas Hand in meiner fühle.

»Zu den Kränen!«, ruft sie.

Nichts von dem, was wir nun tun, ist erlaubt. Man soll nicht über Bauzäune klettern, niemals. Wir sind nicht befugt dazu, unsere Eltern sollen für uns haften, aber unsere Eltern sind nicht hier und eine Hilfe für DIE ZUKUNFT sind sie auch nicht. Wir müssen es selbst tun.

Phyllis zieht ein großes Transparent aus ihrem Rucksack, viel größer noch als das aus dem Konzertsaal. Sie schlüpft aus ihren Turnschuhen und klettert barfuß den linken Kran hinauf, Valentin den rechten. Es ist verboten. Aber es sieht so schön aus. Wie zwei Zirkusartisten schwingen sie sich an den von Flutlicht gesäumten Kränen hinauf. Das Licht macht sie blass und überirdisch. Es braucht zwei Versuche, bis Valentin das Ende des Transparents gefangen hat, das Phyllis ihm zuwirft, aber dann hat er es gepackt und bindet es mit festem Griff an seinem Kranende fest:

FÜRCHTET UNS, WIR SIND DIE ZUKUNFT!

Ich bin ganz ehrfürchtig, als ich die Zeile nun zum zweiten Mal lese. So groß ist sie, unsere ZUKUNFT. Und so mutig sind wir.

»Achtung!«, schreit Phyllis und wirft ihren leeren Rucksack zu uns herunter. Er fliegt lange, bevor er ein paar Meter von mir entfernt zu Boden wummst. Phyllis und Valentin beeilen sich nun, schnell wieder nach unten zu kommen. Es sieht so halsbrecherisch aus, dass ich kaum hinsehen kann. Als kletterten sie um die Wette ... Eine Sekunde vor Valentin hüpft Phyllis auf den Schotter und lässt sich von Raúl stürmisch umarmen. »Ihr seid der Hammer, Leute, absolut irre!«

Aida hält ein unsichtbares Sektglas in die Luft. »Auf Phyllis und Valentin!«, ruft sie und legt mir den Arm um die Schulter. »Und auf unser neues Mitglied!« Ihre Haare streifen mein Gesicht. Meine Wangen werden warm trotz der Kühle.

Alle recken wir unsere unsichtbaren Gläser in den Nachthimmel und plötzlich ist es nicht mal mehr Sekt, den wir halten, sondern sprudelndster Champagner.

γ

Es ist kurz vor Sonnenaufgang, als wir den Tesla zurückbringen. Was ja im Hochsommer recht früh ist. Aida parkt den Wagen genau so, wie er vorher gestanden hat, mit zwei Rädern auf der Bordsteinkante. »Denkt dran, nix liegen zu lassen!«, ruft sie nach hinten zu den anderen.

»Die CD …«, erinnert Valentin sie.

»Ach was, die CD lassen wir drin.« Aida kräuselt die Lippen und zeigt hoch zu Stenzels noch immer dunklem Haus. »Der darf sich ruhig mal ein paar Fragen stellen.«

Zum Abschied umarmen wir uns alle gleichzeitig, als wären wir eine Fußballmannschaft.

»Bald geht es weiter«, verspricht Aida, als wir mit den Köpfen ganz nah aneinanderstanden.

»Bald«, wiederholen alle.

Das *bald* klang mir noch lange in den Ohren.

»Nicht nur ungekämmt, sondern auch zu spät!«, begrüßte mich Frau Leis, als ich versuchte, unbemerkt in den Raum zu huschen. Es war kurz nach acht und ich hatte nur drei Stunden geschlafen.

Michelle bedachte mich mit einem Blick, der wohl so was wie *Du siehst ja furchtbar aus!*, bedeutete.

Ich setzte mich schweigend auf meinen Platz. Ich saß allein, Raúl war nicht gekommen. Schlauer Raúl.

»Die Notationen sind wie erwartet katastrophal gelaufen«, verkündete Frau Leis und legte mit spitzen, langen Fingern einen Stapel Blätter auf das Pult. »Da haben Sie alle noch einen weiten Weg vor sich. Bei einigen frage ich mich, ob da überhaupt einer ist ...« Sie stakse durch die Reihen und gab die rot angestrichenen Notenbögen zurück. »Ich rate Ihnen, sich dieses Blatt irgendwo aufzuhängen. Als tägliche Erinnerung daran, wie viel Sie noch zu tun haben. Der Schlüssel zur Musik ist nun mal die Disziplin!«

Nachdem sie den Stapel verteilt hatte, machte sie sich erneut an der Stereoanlage zu schaffen. »In diesem Sinne ... beginnen wir gleich mit dem nächsten Diktat. Eine weitere Bachkantate: *Ich hatte viel Bekümmernis.* Achten Sie auf die vielen Seufzermotive!«

Die Geigen und die zarte Oboe, die kurz darauf aus den Lautsprechern rieselten, klangen wunderschön, als wäre es Musik aus einer anderen, verwunschenen Welt.

Dann begannen der jammernde Text und das Notieren.

»Wo essen eigentlich die Schauspieler?«, fragte ich Derek und Michelle beim Mittagessen. (Es gab Kartoffeln mit Hühnchen, Erbsen und Anissoße.) Wir saßen zwischen den anderen Pianisten auf der Empore und es war mein erster Satz seit langem.

»Die Schauspieler essen nicht«, gab Derek zurück und Michelle prustete los.

Ich schaute ihn weiterhin fragend an, so wie es Aida vermutlich gemacht hätte.

»Die Schauspieler haben einen eigenen Aufenthaltsraum mit Kochnische«, antwortete Derek schließlich. »Da essen die meistens.«

»Das ist so unfair!«, sagte Michelle. »Warum haben wir keinen Aufenthaltsraum?«

»Ich glaube nicht, dass uns da was entgeht«, beruhigte sie Derek.

»Ich hab gehört, der Raum musste schon mehrfach wegen fataler hygienischer Bedingungen geschlossen werden.«

»Ihhhhh ...«, machte Michelle.

Ich rührte in meiner Anissoße.

7

Nach dem Mittagessen wollte ich üben gehen. Leider waren alle Übezellen ausgebucht.

Es gab, wie Michelle mir erklärte, die Möglichkeit, Räume am Tag vorher zu reservieren (so wie Derek und sie es getan hatten). Aber natürlich hatte ich daran nicht gedacht und so setzte ich mich auf eine Bank im Foyer und wartete darauf, dass eine Zelle frei wurde, während Derek und Michelle im Keller verschwanden.

Ich schloss kurz die Augen und versuchte alle Geräusche wahrzunehmen, die mich umgaben.

Dieses Spiel hatte ich schon als Kind gerne gespielt, um mir die Zeit zu vertreiben. Ich kam mir dabei jedes Mal ein bisschen vor wie ein Geheimagent. Auf meinen ersten Wunschzettel für Weihnachten hatte ich als Kind bloß geschrieben: *Ich möchte bitte gerne blind sein.*

Einfach, weil mir mit geschlossenen Augen jede Umgebung so viel interessanter vorkam.

Da war das Schleifen der großen Drehtür, dann ein Quietschen wie von einem Karren. Jemand sagte zu jemand anderem Hallo. Das Schlagen einer Tür. Verklingende Schritte von Schuhen mit harter Sohle. Das Klingeln meines Handys ...

Ich brauchte ein bisschen, bis mein Gehirn aus dem Klingeln die Information gezogen hatte, dass ich es wohl mal aus der Tasche kramen sollte.

Ich öffnete die Augen.

Auf dem Display stand eine fremde Nummer.

Ich ging dran. »Hallo?«

»Aida hier.«

Ich hätte sie sofort erkannt, selbst wenn sie nicht ihren Namen gesagt hätte.

»Ich hab einen Auftrag für dich.«

War dieses Gespräch wirklich real? »Okay«, brachte ich heraus.

»Betrachte ihn als Eintrittskarte für DIE ZUKUNFT.«

»Okay«, sagte ich wieder. Fast rutschte mir das Handy aus der Hand.

»Bist du gerade ungestört?«

»Ja.«

»Hast du Zeit?«

»Ja.«

»Gut«, sie atmete einmal ein und aus und fuhr dann fort wie im Film: »Geh hoch in die Turmbibliothek und in die Klassikabteilung. Da kennst du dich ja aus.« Ich konnte ihr leichtes Lächeln hören. »Such die Brahms-Klaviergesamtausgabe von 1926. Die ist ungefähr so groß wie eine Kühlschranktür. Darin findest du alles, was du brauchst ...«

Ich nickte, obwohl sie es gar nicht sehen konnte.

»Lass dich nicht erwischen, Theo. Ich empfehle dir, den Auftrag nachts auszuführen. Du hast das ganze Wochenende Zeit. Am Montag wollen wir das Ergebnis sehen. Alles klar?«

»Alles ... klar.«

Ohne Verabschiedung legte sie auf.

Wie in Trance ließ ich das Handy sinken.

Jemand schob gerade mit einem Handkarren eine riesige Harfe in den knarzenden Fahrstuhl.

Das Gespräch konnte nicht mal eine Minute gedauert haben.

Ich sprang auf.

Auf die Rückkehr des Fahrstuhls wartete ich gar nicht erst. Stattdessen riss ich die Glastür auf und hechtete die Treppe hinauf. *Turmbibliothek,* hatte Aida gesagt. Das klang nach dem obersten Stockwerk.

Als ich an der Klavierabteilung vorbeikam, stolperte ich fast in Herrn Goldstein, der mir an einer Biegung entgegenkam. »Hoppla!«, rief er. (Ich glaube, das war das erste Mal überhaupt, dass ich einen Menschen im echten Leben habe *Hoppla!* rufen hören.)

»Entschuldigung«, sagte ich und wollte schon weiter hasten, doch dann fragte ich ihn stattdessen: »Ich muss in die Turmbibliothek. Können Sie mir sagen, wo die ist?«

Derek und Michelle hätten darauf vermutlich *Na, im Turm natürlich* geantwortet.

Doch Herr Goldstein sah mich durch seine runde Brille auf seine wohlwollende Weise an und antwortete: »Da bist du schon fast am Ziel. Treppe hoch und dann links.«

»Danke!«, rief ich und lief an ihm vorbei die Stufen hoch. Irgendwas gluckste und sprang in mir, während ich das tat. Und warum lächelte ich auf einmal so blöd?

Eigentlich ist es kein Wunder, dachte ich, als ich die Bibliothekstür erkannte. *Ich bin schließlich fast am Ziel!*

In der Bibliothek war es noch wärmer und stickiger als im Raum von Frau Leis. Dabei waren an den langen Fenstern schon alle Rollos heruntergezogen.

Ich schaute mich in dem dämmrigen Licht um.

An der Theke wischte sich der Bibliothekar den Schweiß von der Stirn. Er schien nicht viel älter zu sein als ich und trug einen Pferdeschwanz.

»Ich suche die Brahms-Klaviergesamtausgabe von 1926«, wandte ich mich an ihn.

Er steckte sein kariertes Schweißtuch in die Tasche. »Hi erstmal«, antwortete er. »Bist du neu hier?«

Ich nickte.

»Das erklärt deinen Elan. Lass mich mal nachsehen ...« Er tippte auf einem uralten Computer herum, über dessen Rand eine gelbe, ausgeblichene Plüschraupe kroch.

»Brahms ... Brahms ... Brahms ...«, murmelte er. »Von dem haben wir ganze Regale. Von wann soll die Gesamtausgabe sein, sachste?«

»1926.«

»Okay, wow, die hat über 1200 Seiten. Und ist nicht entleihbar.«

»Das macht nichts«, sagte ich, »ich möchte eh bloß ... mal hineinschauen.«

»Okay ... sei aber vorsichtig, ja? Ich hab keine Lust, Ärger zu kriegen, weil irgendein Ersti mit ungewaschenen Händen darin rumschmiert.«

»Ich hab mit Messer und Gabel gegessen.«

»Hey, kein Grund, gleich so pampig zu werden! Lass mich

mal gucken, wo das Ding steht ...« Er scrollte über den Bildschirm. »C 16, wenn ich das richtig sehe. Manchmal hängt das Programm. Ich hasse diesen PC ... auf jeden Fall im Bereich C ... musst halt mal schauen. Viel Spaß beim Schmökern.«

»Danke.«

Der Bereich C schien die Hälfte der Bibliothek einzunehmen. Bestimmt zweieinhalb Meter ragten die Regale in die Höhe.

Die meisten der Bücher, Mappen und Hefte sahen aus, als hätten Beethoven, Brahms und Mozart noch persönlich ihre Noten hineinnotiert. Graue, schwarze und grüne Leinen.

Aus einem der unteren Regale stach mir auf einmal ein Taschenbuch ins Auge, das viel kleiner war, als alle Bücher drum herum und knallgelb leuchtete. Ich weiß nicht mehr, warum, aber ich zog es aus der Reihe heraus.

Songwriting für Neugierige

stand in fröhlichen roten Buchstaben darauf und

Finde deine Stimme!

Es sah so unbenutzt aus, als wäre es noch nie ausgeliehen worden, vermutlich, weil es im falschen Regal stand.

Ich steckte es ein. Irgendwas ging von diesem Büchlein aus, dass ich gern der Erste sein wollte, der es auslieh. Ich hatte noch nie versucht, selbst ein Stück zu schreiben, und war auch noch nie auf die Idee gekommen. Es war mehr die Fröhlichkeit des Covers, die mich anzog. Inmitten der strengen, dunkelgrünen Brahms-Bände wirkte es so freundlich.

Viel wichtiger war aber natürlich: Wo war die Gesamtausgabe von 1926?

Einzelbände konnte ich eine Menge entdecken, sie reichten von Band I bis Band XXIV. Aber eine Gesamtausgabe?

Als ich es schließlich entdeckte, bekam ich flaue Knie. Es war tatsächlich groß wie ein Kühlschrank und stand ganz oben auf dem Regal.

Es gab eine Metallschiene, an der eine verschiebbare Leiter angebracht war. Ich schob sie bis zu der passenden Stelle.

Du hast das Dach überlebt, sagte ich mir, *dann wirst du die Turmbibliothek auch noch überstehen.*

Mit klammen Fingern greife ich nach der Leiter und steige nach oben. Ganz langsam. Auf jeder Stufe kurz mit beiden Füßen verharrend. Bloß nicht nach unten schauen. Auch nicht in Ohnmacht fallen, diesmal ist da kein Valentin, der mich packen kann ... Ich passiere Regalbrett um Regalbrett, dann da, endlich das Buch. Es sieht staubig aus, aber ein paar Stellen sind freigewischt. Als habe es erst vor Kurzem jemand nach langer Zeit wieder in die Hand genommen. Ich greife danach. Es ist nicht nur fast so groß wie eine Kühlschranktür, sondern auch mindestens so schwer. Ich unterdrücke ein Niesen, als mir beim Anheben die Staubflocken entgegenstieben. Einen Schritt nach dem anderen steige ich zurück nach unten, meine Beute fest unter den Arm geklemmt. Die Leiter rollt ganz leicht nach links. Mit Entsetzen bemerke ich, dass man sie hätte oben einrasten lassen müssen, bevor man hinaufsteigt. Nicht drüber nachdenken.

Weiter. Noch eine Stufe und noch eine ... *Sehr gut. Nicht fallen. Nicht nach unten gucken.* Immer tiefer rutscht das Buch unter meinem Arm. Ich beeile mich mit den letzten Schritten. Als ich spüre, wie das Buch mir entgleitet, hüpfte ich den letzten halben Meter auf den Boden.

Ich lande lauter als geplant, aber sicher.

»Alles gut bei dir?«, höre ich den Pferdeschwanztypen rufen.

»Alles super!«, versichere ich hastig.

Es ist tatsächlich alles super. Ich habe das Buch.

Ich schaue mich um, aber bei der Hitze scheint die Bibliothek menschenleer. Kurzerhand lege ich es auf den Boden und öffne den großen Deckel.

Als ich es aufschlage, sehe ich direkt in das große, glänzende Gesicht von Werner Stenzel. Graue, von Falten umgebene Auge. Ein breiter Mund mit gespannten Lippen.

Vorteilhaft ist das Fotoportrait nicht. Die Augen lächeln nicht mit, wodurch sie kalt und stechend wirken und das Grinsen erscheint so sehr vergrößert irgendwie fratzenhaft.

Deshalb also dieses riesige Buch – um das Bild unterzubringen.

Außerdem finde ich zwischen den Seiten einen weißen Briefumschlag. Ich wende ihn, um ihn zu öffnen und stelle fest, dass er versiegelt ist. Ein großes Z prangt auf dem roten Wachs.

Mein Herz klopft schneller. Ängstlich sehe ich mich um, ob mich jemand beobachtet, aber die Korridore zwischen den Regalen scheinen noch immer leer. Alles was ich höre, sind die Tastatur und das leise Fluchen des Pferdeschwanztypen.

Ich ziehe ein ausgedrucktes Blatt hervor und lese:

Auftrag

Klebe dieses ästhetische Gemälde über die Aufnahme des Rektors oben im Verwaltungstrakt. Befestige darunter die Plakette aus dem Umschlag.

Am besten heute noch.

Viel Erfolg

Für DIE ZUKUNFT!

Ich schaue in den Umschlag und entdecke eine Metallplakette auf der *Nicht mehr lange* steht.

Dreimal lese ich den Auftrag und bei jedem Durchgang wird mir mulmiger.

Was, wenn mich jemand dabei erwischt? Dann werde ich nach erst einer Woche an der Akademie meinen Studienplatz verlieren!

Ich stelle mir das Gesicht meiner Mutter vor. Sie würde mich umbringen. Oder – was noch schlimmer war – weinen.

Ich kann mich nur an ein einziges Mal erinnern, dass ich meine Mutter habe weinen hören.

Bei der Beerdigung meines Vaters war es nicht, da erinnere ich mich nur noch an den dröhnenden Laubbläser, der nebenan die Blätter fliegen ließ.

Nein, weinen hörte ich meine Mutter erst zwei Wochen später, als sie mit dem Kopf zwischen den dünnen Armen inmitten der Umzugskartons in unserem alten Hausflur auf dem Boden saß. Es lehnten noch die großen, gerahmten Fotos an den Wänden.

Sie hatte mich nicht bemerkt, sonst hätte sie sicher schnell aufgehört.

Ich hatte die Augen kurz geschlossen und dem Schluchzen gelauscht, das von den kahlen Wänden hallte.

Dann war ich zurück in die leere Küche gegangen und hatte selbst angefangen zu weinen, bis sie kam und mich tröstete. »Es wird alles besser werden«, hatte sie mit ihrer festen Stimme gesagt, »wir werden es schaffen.«

Und ich habe es geschafft. Ich bin an der Akademie angenommen worden.

Wenn ich das wegwerfe – sie wird es mir nie verzeihen,
das weiß ich.

»Tschüss, Kleiner!«, rief mir der Pferdeschwanz nach, als ich die Bibliothek verließ. »Hoffe, du hast nicht den Brahms zerstört!«

»Hab ich nicht«, antwortete ich. »Tschüss!«

Dass ich aus Versehen das Songwriting-Taschenbuch hatte mitgehen lassen, bemerkte ich erst, als ich die Bibliothek längst verlassen hatte.

7

Statt üben zu gehen, lief ich in ein Schreibwarengeschäft und kaufte dort drei Tuben Sekundenkleber und eine große Flasche Flüssigkleber, auf der »extra haftend« stand. Aus Angst, der Kassiererin verdächtig vorzukommen, legte ich auch noch ein Schreibheft dazu.

Außerdem kaufte ich mir beim Bäcker drei Brezeln mit Butter und Schnittlauch, um bis zur Nacht in der Übezelle durchzuhalten.

Mir fiel nur eine Möglichkeit ein, wie ich weder Aida noch meine Mutter enttäuschen könnte: Ich durfte mich eben auf keinen Fall erwischen lassen.

Es fiel mir schwer, mich aufs Spielen zu konzentrieren. Vielleicht, weil mir gerade nicht nach *Spielen* zu Mute war.

Ich hatte einen Sabotageakt vor, der mich alles kosten könnte. Was machte es da schon aus, ob ich ein Vorzeichen vergaß oder die Pedalwechsel unsauber waren?

Nach einer gefühlten Ewigkeit klappte ich die Noten zu und kramte in meinem Rucksack nach dem Handy, um auf die Uhr zu sehen. Dabei stieß ich auf das kleine gelbe Buch mit der roten Schrift.

Songwriting für Neugierige
Finde deine Stimme!

So neu, wie es von außen aussah, war das Buch gar nicht, bemerkte ich. Es war nur kaum aufgeschlagen worden.
1. Ausgabe 1974, stand vorne im Umschlag.
Ich begann zu lesen.

Hallo Neugieriger!

Du interessierst Dich also fürs Songwriting?
    Das ist schön, das tun wir nämlich auch.

Wir glauben nicht an Genies, aber an die Kraft von unbändiger Neugierde und beständigem Ausprobieren – die schließlich in geniale Werke münden kann.

Mit dem Aufschlagen dieses Buches beweist Du bereits Deine Neugierde. Probiere also Schritt für Schritt, wie Du aus einer einzelnen Idee einen ganzen Song komponieren kannst.
    Schreibe Deinen Song.
    Finde Deine Stimme.

Alle handwerklichen Hilfen, die Du dazu benötigst, findest Du in diesem Buch.

Was die Neugierde angeht, liegt es bei Dir, sie sich zu erhalten. Sie und nicht dieses Handbuch wird Dir den Weg weisen.

Wir wünschen Dir die größte Freude beim Ausprobieren!

New York, 1974

C. Stein

Auf einmal war ich gar nicht mehr müde.

Bloß neugierig.

Ich schlug die nächste Seite auf. Sie war fast leer, bis auf einen Spruch in der Mitte:

Perfektion hat immer etwas Kaltes.
Es geht aber niemand ins Konzert, um zu frieren.

Der Satz gefiel mir sehr. Er hätte auch in Goldsteins Raum hängen können.

Wieder blätterte ich eine Seite weiter und las die erste Lektion.

Sie hieß: »Wenn Du Melodien suchst, horch!«, und beschrieb in groben Zügen, wie man allein durch Improvisation und Ausprobieren zu ersten eigenen Tonfolgen finden konnte: *»Am wichtigsten fürs Komponieren ist nicht das Nachdenken, sondern das Lauschen«*, stand da. *»Für Gedichte muss man denken, fürs Zeichnen muss man hinsehen, für Lieder muss man lauschen.*

Also setz Dich ans Klavier, nimm Deine Gitarre oder welches Instrument auch immer Du spielst!

Spiel einzelne Töne, einzelne Tonfolgen. Vergiss für diesen Moment alles, was Du über Harmonien weißt, und vor allem alles, was Du noch nicht verstanden hast. Wenn Musik Dir etwas bedeutet, wirst Du vermutlich schon eine Menge Musik gehört haben, Du weißt also unbewusst schon sehr viel darüber.

Höre jetzt beim ersten Ausprobieren vor allem hin, wie es klingt; ob es Dich berührt, was Du hörst. Wenn nicht, ändere etwas. Wenn doch, bleib dabei, egal was Du in den nächsten Lektionen noch lernen wirst.

Eine Komposition durch Nachdenken zu kreieren ist so, als wollte man mit einem Kugelschreiber Konzerte spielen.«

Ich beschloss, das Buch zu behalten. Es ließ alles so leicht erscheinen! Das war ich nicht gewohnt. Mit dem »Klimpern«, wie mein erster Klavierlehrer es nannte, hatte ich aufgehört, sobald ich in die Schule kam. Ab da hatte ich nur noch nach Noten gespielt. Alles, selbst Fingerübungen und Tonleitern.

So vertieft war ich in das Handbuch, dass mich erst mein Magenknurren daran erinnerte, warum ich eigentlich hier war.

Ich hatte einen Auftrag zu erfüllen!

Einen nächtlichen Auftrag ...

Ich stopfte die Brezeln in mich hinein, während ich im Kopf durchging, was ich vorhatte.

Besonders ausgefeilt war der Plan nicht:

1. Hoch in den zehnten Stock zum Verwaltungstrakt, wo die Bilder hingen
2. Das Bild und das Messingschild überkleben
3. Raus aus der Akademie
4. Aida schreiben

Besonders am letzten Punkt hielt ich mich fest. Er nahm mir einen Teil meiner Angst.

Wie toll es sein würde, sich nach dem Erfolg der Mission bei ihr zu melden. Nur zwei Wörter würde ich schreiben: *Auftrag ausgeführt.*

Wie sie wohl reagieren würde?

Diesmal brauchte ich nicht ganz so lange, um den Weg durch das Zellenlabyrinth zurück an die Erdoberfläche zu finden. Nach nur wenigen Minuten erreichte ich den Fahrstuhl, der noch immer unten stand. Leer, zum Glück. Ich ging hinein und drückte auf den Knopf für die zehnte Etage.

Ich hoffte inständig, dass der Pförtner in seiner Loge das Quietschen des Fahrstuhls nicht mitbekommen würde.

Es war halb eins.

Meine Hände zittern, während ich das Bild mit Klebstoff einschmiere. Auch hier oben brennen nur die Notausgangschilder, sodass ich das Gesicht des Rektors, über das wie dickflüssige Tränen der Kleber rinnt, kaum erkennen kann.

Ich komme mir vor wie ein Terrorist in einem Kunstmuseum.

Wenn Papa mich bei dieser Tätigkeit sehen würde, würde er sicher nicht lächeln. Oder doch?

Auf den alten Bildern hat er manchmal durchaus einen etwas rebellischen Ausdruck in den Augen.

Zum genauen Einpassen des Bildes ist keine Zeit, sonst wäre der Kleber vorher getrocknet, aber es wird sicher trotzdem seine Wirkung entfalten.

Ob der Pförtner das Fahren des Aufzugs bemerkt hat? Ist er womöglich schon auf dem Weg nach oben?

Ich streiche über das bedruckte Papier und drücke es gut fest. Mit den Fingernägeln fahre ich so fest ich kann über Stenzels Stirn, Haare und Schultern, bis alle Ecken festkleben.

Fast vergesse ich das kleine Messingschild. Zum Glück ertaste ich es noch rechtzeitig, bevor ich gehen will, in meiner Hosentasche.

Beim Träufeln des Sekundenklebers in die Ecken des Bildes muss ich höllisch aufpassen, dass meine Finger nicht daran festkleben. Ich habe nicht vor, mir einen abzuhacken oder das Bild mit nach Hause zu nehmen.

Sobald die Amtszeit des Rektors übertüncht ist, drücke ich das neue Schild darauf:

Nicht mehr lange

Geschafft.

Jetzt schnell raus hier.

Ich muss mich zusammenreißen, um nicht zu rennen, aber das würde unnötigen Lärm verursachen. Der Aufzug ist noch da. Ich steige hinein und rumpele mit pochendem Puls wieder ins Erdgeschoss.

Dort steige ich aus. Nicht zu rasch, um nicht aufzufallen, gehe ich durch die lange, dunkle Eingangshalle und an dem Pförtner vorbei, der auf seinen Miniaturbildschirm starrt. Alles ist normal, sage ich mir, du hast einfach noch bis gerade eben unten geübt. So wie die anderen auch.

»Warte mal!«, krächzt er mir nach.

Ich erstarre.

»Ja?« Meine Stimme klingt unfassbar hoch.

»Hast du das Licht in der Zelle ausgemacht? Das vergessen die Ersties ständig und ich krieg dann den Ärger.«

»Keine Sorge«, bringe ich hervor, »das Licht ist so was von aus.«

Sobald ich im Freien stehe, beginne ich zu rennen. Ich kann nicht anders. Weg, bloß weg vom Tatort!

Nach ein paar hundert Metern halte ich kurz an, hole mein Handy und schreibe mit flattrigen Fingern an Aida:

Auftrg ausgführt.

Erst als das Adrenalin auf dem Nachhauseweg langsam nachlässt, merke ich, wie unglaublich müde ich bin.

Die trockenen Blätter um mich herum knistern im Nacht-wind. Anscheinend ist dieser Sommer so heiß, dass einige Bäume schon jetzt ihr Laub fallen lassen.

Ich schlafe ohne Bettdecke.

7

Als ich am nächsten Tag aufwachte, war es bereits hell und heiß. Ich rieb mir die Krümel aus den Augen und griff nach meinem Handy. Vierzehn Uhr. Trotzdem fühlte ich mich nicht ausgeschlafen. Zu wilde Träume ...

Eine Antwort von Aida fand ich nicht, was mich enttäuschte. Immerhin hatte ich all meinen Mut zusammengekratzt und einiges aufs Spiel gesetzt!

Hoffentlich, hoffentlich meldete sie sich bald ...

Ich duschte mir den Schweiß von der Haut. Mir kam es so vor, als wäre ein Teil davon Kleber. Sekundenkleber.

Während der Strahl mir auf den Kopf donnerte, fiel mir plötzlich ein, dass ich am Vorabend vergessen hatte, Panzer zu füttern.

ℷ

Noch mit nassem Haar machte ich mich auf zum Supermarkt, um Salat zu kaufen, die eine Hälfte für Panzer, die andere für mich. Ich trug dabei meine Geräusche dämmenden Kopfhörer, ohne Musik zu hören – das Dröhnen der Tiefkühlregale und Piepen der Supermarktkasse strengten mich jedes Mal an.

Wenn ich den Soundtrack für einen Horrorfilm komponieren müsste, würde ich genau dieses Piepen und dieses Dröhnen nehmen und den Ton voll aufdrehen. Ich jedenfalls würde davon Albträume bekommen.

ℷ

Erst gegen Abend meldete sich Aida endlich. Sofort nachdem ich ihre Nachricht gelesen hatte, war mein Unmut auf sie verflogen.

BRAVO, schrieb sie. *Lust auf einen Spaziergang?*

Gerne, antwortete ich. *Jetzt gleich?*

Gerne, schrieb sie zurück. *Treffpunkt Schachbrett.*

Das Schachbrett war umringt von uralten Baumtitanen, die aussahen, als würden sie sich gegen einen nicht vorhandenen Orkan zur Wehr setzen.

»Guten Abend«, sagte Aida. Sie trug eine weiße Kurzhaarperücke und einen langen, schwarzen Mantel. Ich fragte mich, ob sie sich passend zum Schachbrett gekleidet hatte oder ob sie den Treffpunkt passend zu ihrer Kleidung ausgesucht hatte.

»Hallo«, sagte ich. Und dachte: *Wahrscheinlich hatte sie die Sachen schon vorher an. Es ist ja nicht mal zwanzig Minuten her, dass wir geschrieben haben.*

»Respekt«, sagte Aida. »Ich hätte nicht gedacht, dass du dafür die Nerven hast.«

»Es hat mich auch einige Nerven gekostet«, gab ich zu, ohne ihrem Blick auszuweichen.

»Das kann ich mir denken«, lächelte sie. Es war kein Spottlächeln. Im Gegenteil.

Ich überlegte, was sie wohl von mir erwartete, ob ich was vorschlagen sollte. »Äh ... hast du Lust auf eine Partie Schach?«, fragte ich.

Aida lachte auf. »Nein, danke. Ich hab keine Ahnung, wie Schach geht.«

Das überraschte mich irgendwie. *Du weißt gar nichts über sie,* dachte ich, *hör auf, sie so anzuhimmeln!*

Ihre Anwesenheit hatte immer etwas Unwirkliches, erst recht in diesem langen, schwarzen Mantel. Aida wirkte nicht von dieser Welt, nicht aus dieser Epoche und vielleicht nicht mal aus diesem Universum.

»Du bist ja noch nicht lange hier«, sagte sie. »Lust auf eine Stadtführung à l'Aida?«

»Sehr, sehr gern«, antwortete ich.

Im Nachhinein kommt es mir so vor, als wären wir die ganze Zeit gerannt, Aida und ich. Es war schwül und drückend, trotzdem habe ich in meiner Erinnerung die ganze Zeit Wind im Gesicht.

»Das ist mein Lieblingsparkhaus«, sagte Aida, als wir an einem großen, klobigen Gebäude vorbeikamen.

»Warum?«

»Auf dem obersten Stockwerk fehlt an einer Seite das Geländer.«

»Ja und?«

»Das heißt, man kann dort ein sehr schönes Spiel spielen.«

»Selbstmord begehen?«, fragte ich unsicher.

»Nein. Autos versenken.«

Ich blieb kurz stehen. »Das war ein Scherz, oder?«

Aida überlegte. »Zu 99 Prozent war es ein Scherz«, sagte sie dann. »Nein, vielleicht eher 98 Prozent. Man weiß ja nie, was noch kommt.« Sie zwinkerte mir zu. »Und es gibt ja wirklich sehr hässliche Autos. Mit vier Auspuffen. Die liegen sicher gut in der Luft.«

»...und machen ein tolles Geräusch beim Aufprall«, fügte ich hinzu und wir lachten beide, dass mir ganz warm im Magen wurde.

Wir erreichten eine Treppe, die *Sünderstaffel* hieß und zwischen dunklen Kirschbaumstämmen steil bergauf führte. Auf den Stufen lagen die Blüten wie Schneeflocken und dazwischen Bierflaschenscherben.

Ich gab mir Mühe, nicht allzu viel zu keuchen beim Klettern. Als Pianist war ich, was Bergsteigen angeht, nicht besonders im Training.

»Schau dir diese Welt an«, sagte sie, als wir eine Aussichtsplattform erreichten, und setzte sich auf eine Bank. »Ist sie nicht völlig verrückt?«

Ich betrachtete das große Einkaufszentrum, die Hauptstraße mit den fünf blinkenden Ampeln, die riesige Baustelle, die langen Arme der Kräne, die sich über braune Gruben hinweg zuwinkten ...

»Ja«, sagte ich. »Das ist sie.«

»Zeig mir mal deine Hände«, bat Aida.

Überrascht hielt ich sie ihr hin.

»Man sieht, dass du damit zaubern kannst«, behauptete sie.

»Na ja«, sagte ich, »sie sind halt etwas knochiger als die der meisten. Weil ich so viel damit übe.«

Sie betrachtete meine Finger, als hätte sie eine neue Spezies entdeckt. Dann ließ sie meine Hand abrupt fallen. »Ach, Theo, ich halte das nicht aus, wie die Zeit rast. So schnell fließt sie, so schnell ... Sie ist der reinste Sturzbach. Und kaum jemand merkt es.«

»Doch«, sagte ich und dachte an meine Mutter, die erst Tänzerin gewesen war und nun kellnerte. »Ich merke es.«

»Wir müssen uns aufbäumen«, rief Aida laut und kräftig. »Sonst siegt immer das Alte. Das, wie es immer war.«

»Ja«, sagte ich. »Goldstein sagt das auch. Man muss wissen, wie man spielen will, sonst spielt man bloß nach Gewohnheit.«

»Komm mit!«, rief Aida, sprang auf und tauchte unter dem Geländer der Aussichtsplattform hindurch in die Dunkelheit. »Ich zeig dir was!«

»Warte!«, rief ich und stolperte ihr hinterher.

Aida hatte lange Beine, ich musste mich beeilen, um sie einzuholen. Beim Laufen fiel mir auf, wie lange ich nicht mehr durch hohes Gras gerannt war ... fünfzehn Jahre? Alles um mich herum duftete, raschelte und zirpte. Ich war froh über Aidas leuchtend weißes Haar, es leuchtete ganz leicht im Dunkeln.

Meine Nervosität war wie weggefegt. Man kann nicht gleichzeitig im Finstern einen steilen Wiesenabhang hinunterlaufen und sich Gedanken über sein Äußeres machen.

Als wir einen von Pflanzen überwucherten Drahtzaun erreichten, holte ich Aida ein. *Betreten verboten*, stand auf einem abgeblätterten Schild. Dahinter lag ein matschiges Gelände mit einem baufälligen Bürogebäude in der Mitte.

»Das ist der geheimste Ort, den ich kenne«, sagte sie und zeigte auf das von Schlamm umringte Gebäude. »Ich habe ihn beim Spazieren entdeckt.«

»Spazierst du häufig alleine?«

»Ständig.«

»Auch häufig durch verbotenes Gelände?«

»Hin und wieder.« Sie lachte mich an.

»Das ist verrückt«, sagte ich.

Schlagartig wurde Aida ernst. »Nein«, sagte sie. »Mir fallen auf Anhieb zehn verrücktere Sachen ein.« Sie bog zwei der Zäune auseinander. »Keine Angst, hier ist nie jemand.«

Wieso folgte ich ihr? Wieso drehte ich mich nicht einfach um, durch die brummende, summende Wiese zurück zu den Treppen, zurück in die Normalität?

Ich schaute mich um, ob uns jemand beobachtete, doch die Treppe war weit entfernt und bei der brütenden Hitze menschenleer.

Niemanden kümmerte es, was wir taten.

Ich vergrößerte das Loch im Zaun noch ein wenig und zwängte mich hindurch. Die Normalität lockte mich nicht.

Die Tür des verwitterten Gebäudes fehlt, also können wir einfach so hineinschlüpfen. Mein Herz beginnt wieder schneller zu pochen, aber nicht auf diese Übelkeitsart wie bei der Aktion mit Werner Stenzels Auto. Mehr auf die Abenteuerart. Ich spüre ein kindliches Kichern in mir aufsteigen und muss mich zusammenreißen, um es aufzuhalten.

»Das Gebäude soll schon ewig abgerissen werden«, erzählt Aida, als wäre das hier eine ganz gewöhnliche Wohnungsführung. »Aber die Bauherren können sich noch nicht einigen, was hier stattdessen hinsoll.«

»Woher weißt du das?«

»Stand in der Zeitung.«

»Du liest Zeitung?«, frage ich beeindruckt.

»Ich hab's in der U-Bahn auf der Rückseite gelesen, als mir jemand mit einer Zeitung gegenübersaß.«

»Verstehe.«

Ohne uns abzusprechen, schleichen wir die Treppe hoch. Sie muss mal gefliest gewesen sein, man kann im Beton noch die Abdrücke sehen. Mit der Selbstverständlichkeit von zwei aufeinander eingespielten Einbrechern entscheiden wir uns für eines der oberen Zimmer. Auch hier fehlen die Türen.

»Meinst du, das Gebäude ist einsturzgefährdet?«, flüstere ich.

»Du brauchst nicht zu flüstern«, antwortet Aida. »Wir sind allein. Und dieses Haus ist absolut stabil.«

»Woher weißt du das? Auch aus der Zeitung?«

»Nein. Das sagen mir meine Füße.«

»Deine Füße?«

»Meine Füße spüren, ob etwas stabil ist«, behauptet Aida und beugt sich hinunter zu ihren Zehen. »He, ihr beiden! Ist das Haus stabil?« Ihre Zehen nicken. »Keine Gefahr«, sagt Aida.

»Na dann ...«, neugierig laufe ich zu einem der glaslosen Fenster hinüber.

Das Haus liegt am Hang, man hat also einen weiten Blick. »Irgendwann werde ich hier eine Party geben«, seufzt Aida und breitet in dem schwarzen Mantel die Arme aus, sodass sie aussieht wie eine Prophetin, und genau so spricht sie auch: »Eine Party, die sich gewaschen hat!«

Goldstein brachte mir das Hören bei.

Aida lehrte mich das Entdecken.

Sie führte mich durch Wiesen und rostige Gartentürchen, über breite Asphaltstraßen genauso wie über unbeleuchtete, schmale Treppen mit Gestrüpp links und rechts.

Zwischendrin erzählte sie immer wieder seltsame Geschichten über die Orte, an denen wir vorbeikamen. »Da hat sich mal ein Bibliothekar aufgehängt«, sagte sie zum Beispiel, »... einen Tag bevor sein Kind geboren wurde«, oder: »In diesem Schuppen dahinten sind an jeder Wand Glaskästen mit toten Schmetterlingen.«

Ich wusste nicht, ob alles stimmte, was sie erzählte (genauso wenig, wie ich mir sicher war, ob es nicht teilweise Privatgelände war, in dem wir stromerten), aber ich glaubte ihr jedes Wort.

Erwischt wurden wir nicht.

Am Ende blieb ich allein zurück unter einer Laterne auf dem Bürgersteig.

Aida hatte sich in eine U-Bahn verabschiedet. Es war plötzlich ganz schnell gegangen. »Die nehme ich!«, hatte sie verkündet, mir noch einmal zugewinkt, »bis zur nächsten Nachtsitzung!« gerufen und weg war sie.

Ich blinzelte in das gelbe Laternenlicht. Auf einmal kam es mir vollkommen unwahrscheinlich vor, hier zu stehen. Ausgerechnet ich. Ausgerechnet hier.

Ich sah mich um und in diesem Moment konnte ich nur staunen. Staunen über das flackernde Licht in der Laterne, über die Ranken an der Fassade, über die Tatsache, dass die Ranken tatsächlich so stark waren, sich an dem Fenster zu halten, wie mit winzigen Fingern krallten sie sich an der Hauswand fest, die tapferen Ranken.

Ich spinne, dachte ich. *Wie können denn Ranken tapfer sein, es sind doch bloß hirnlose Pflanzen?* Außerdem dachte ich: *So muss es sich wohl anfühlen, bekifft zu sein.*

Aber ich war nicht bekifft.

Es musste Aida gewesen sein, die das alles in mir ausgelöst hatte. Wie machte sie das bloß? Ich hielt es nicht für ausgeschlossen, dass sie eine Hexe war. Oder vielleicht auch eine Außerirdische. Wer konnte das schon sagen? Vielleicht kam sie von einem anderen Stern und hatte eine elektrische Aura oder so was, die sie umgab und jeden in ihrer Nähe unter Strom setzte?

Ich atmete ein und aus, die warme Nachtluft, ich inhalierte sie tief ein und aus; und obwohl sie nach Staub schmeckte, schmeckte sie doch noch viel mehr nach Leben und Sommer und Hitze.

»Lässt du uns mal bitte durch!«, herrschte mich eine knarzende Stimme an. Ich drehte mich um.

Ein etwa fünfzigjähriges Ehepaar stand da und wollte offensichtlich an mir vorbei. Ich verstand nicht, warum sie das denn nicht einfach taten, die Straße war ganz leer.

Brav trat ich einen Schritt zur Seite. Ohne ein Dankeschön hetzten die beiden an mir vorbei.

»Diese Besoffenen«, hörte ich die Frau sagen, »überall!«

In mir wurde etwas ganz hart.

Dann sah ich wieder zu den Ranken an dem Fenster. Kurz stellte ich mir das Bild vor, Aida könnte dort stehen und zu mir hinunter lächeln, in dieser typischen »Wenn du wüsstest«-Art, die mich so kribbelig machte.

Nein, dachte ich, *nein, ich lasse mir von euch die Laune nicht verderben.* Aber da waren die beiden natürlich schon weg.

⸙

»Habt ihr schon gehört, dass das Porträt des Rektors geschändet wurde?«, fragte Michelle, als wir am nächsten Montag auf Frau Leis warteten.

»Äh, nein... echt?«, fragte ich.

»Es gab eine Rundmail«, sagte Michelle. »Wann liest du endlich deine Mails?«

Die Kantate, die wir an diesem Morgen transkribieren mussten, hieß *Ach wie flüchtig, ach wie nichtig.*

ʡ

Ich schloss die Wohnungstür auf. Ich hatte auf dem Heimweg von der Akademie zwei frische Salatköpfe besorgt.

Der Herd war immer noch nicht repariert.

»Panzer?«, rief ich. »Abendessen!« Ich stellte ihm seine Schüssel hin, aber er war anscheinend nicht hungrig. Sicher wegen der Hitze. Ich hätte gerne einen riesigen Ventilator gehabt, um die ganze stickige Luft aus der Wohnung hinauszupusten.

Ich goss mir selbst Öl und Essig über die Blätter und zerschnitt einen ganzen Klotz Fetakäse.

Das viele Alleinsein beim Üben und überhaupt war mir deutlich leichter gefallen, als ich noch niemanden kannte, mit dem ich die Zeit lieber verbracht hätte.

7

Als ich das nächste Mal vor Raum 8.56 auf Cornelius Goldstein wartete, war ich genauso nervös wie bei der ersten Stunde. Auch wenn ich jetzt eigentlich etwas entspannter hätte warten können, denn ich war es ja inzwischen gewohnt, dass er zu spät kam.

Mir gegenüber hingen die aktuellen Ausschreibungen an einer weißen Pinnwand. Der Bundeswettbewerb Gesang. Die große Klassik-Arena. Der Troubadour-Wettbewerb. Das Plakat der Werner-Stenzel-Stiftung war mit Abstand am größten. Ich dachte an die zehntausend Euro und was man damit alles machen könnte... es war astronomisch viel Geld für mich.

Diesmal trug Goldstein ein paar quietschende, grüne Gummistiefel. Diesem Menschen gelang es immer wieder, mich komplett zu überraschen ...

»Schön, Sie zu sehen!«, rief er aus und sah an sich herunter, als würde er die Gummistiefel erst jetzt bemerken. »Ich habe gerade noch meine Schuhe zum Schuster gebracht und nicht daran gedacht, ein Ersatzpaar mitzunehmen. Also habe ich mir diese Stiefel hier gekauft. Ich brauchte eh noch welche für das Angelwochenende mit meinem Bruder.« Er schloss die Tür auf. »Haben Sie schon mal geangelt?«, fragte er mit ernsthaftem Interesse.

Ich schüttelte den Kopf.

Wie letztes Mal roch es im Zimmer nach Kaffee und altem Papier.

»Probieren Sie es mal aus!«, ermunterte er mich. »Man

lernt sich und seine Geduld dabei noch einmal ganz neu kennen ...«

Er zog die Stiefel aus und setzte sich in Socken in den Sessel. »Also, Herr Sandmann. Was haben Sie heute mitgebracht?«

»Ich habe die Beethoven-Sonate weiter geübt«, sagte ich. »Und ein paar Sachen von Brahms. Und Schubert.«

»Oha!«, machte Goldstein. »Nichts überstürzen. Es braucht Zeit, die Stücke zu begreifen. Sie sind wie Wildpferde, sie müssen erst verstanden und gezähmt werden.«

Voll Hingabe und Sorgfalt ging er mit mir zwei der Stücke durch. Irgendwas machte er mit mir, dass sie auf einmal leichter und leichter wurden, selbst die Stellen, die mir sonst schwerfielen. Ich vergaß auf einmal, dass diese Stellen schwer waren. Dass sie mir immer schwergefallen waren. Ich spielte einfach.

Viel Technik war es nicht, die er mir beibrachte, auch wenn er mich hin und wieder auf die Stellung meiner Handgelenke aufmerksam machte oder mir dazu riet, bestimmte Passagen mehr »im Schwarzwald« zu spielen, also mit den Fingern weiter hinten zwischen den schwarzen Tasten.

Als ich Mozart spielte, lachte er vergnügt auf und rief: »Aber Sie nehmen das alles doch viel zu ernst, Herr Sandmann! Dieses Stück ist ein Witz! Bringen Sie mich zum Lachen!«

– Und plötzlich waren meine Finger viel flinker, einfach, weil sie nicht mehr so schwer in die Tasten griffen. Selbst mein Kopf wurde leichter.

Ja, es war magisch, wie seine Worte mich verwandelten. Wer weiß, vielleicht hätte auch schon der Klang seiner Stimme ausgereicht oder allein seine Anwesenheit, ich konnte es nicht sagen.

Für Goldstein waren Mozart, Beethoven und Chopin keine Schubladen mit alten Noten drin. Es waren lebendige Freunde. Er erzählte mir von Beethoven wie von einem alten Bekannten: »Er ist ein ganz schöner Haudegen, der Beethoven«, seufzte er, »ein Trotzkopf. Mitten in der Pubertät. Das kennen Sie doch sicher«, und zwinkerte mir zu. »Spielen Sie nicht, Theo. *Toben Sie!* Attackieren Sie mich mit Ihren Tönen! Sie dürfen sogar anschließend den Deckel zuknallen, wenn es Ihnen hilft.«

Es half – und anschließend lachten wir beide, so wild hatte die Beethoven-Sonate geklungen, so fuchsteufelswild. Ich spürte, wie entspannt mein Körper plötzlich war, als hätte sich etwas entladen. Von einem auf den anderen Moment war ich todmüde.

Ich musste ein Gähnen unterdrücken und entschuldigte mich dafür.

»Komisch«, sagte ich. »So müde war ich lange nicht mehr nach dem Spielen.«

»Sie haben etwas erlebt«, stellte Goldstein fest. »Es ist völlig normal, dass Sie sich jetzt erholen müssen. Aber ganz so leicht kommen Sie mir nicht davon.« Er senkte die Stimme. »Ich möchte Sie nämlich gerne beim diesjährigen Klassik-Wettbewerb der Werner-Stenzel-Stiftung anmelden.«

Sofort schoss wieder Spannung in meinen Körper.

»Wenn Sie nichts dagegen haben, natürlich«, fuhr Goldstein fort. »Ich weiß, Sie sind noch nicht lange hier, und man kann leider auch nur ein einziges Mal teilnehmen, also überlegen Sie es sich gut. Aber der Wettbewerb ist nur alle vier Jahre ... und ich glaube, Sie haben das Zeug dazu. Schon jetzt.«

»Danke«, sagte ich und dachte an meine Mutter – was wäre sie stolz auf mich! »Ich habe nichts dagegen.«

An diesem Tag aß ich zum ersten Mal nicht mit Derek und Michelle zusammen Mittag. Ich nahm mein Tablett mit nach draußen – Grünkernfrikadelle mit Tiefkühlgemüse und Reis – und setzte mich allein auf die Stufen, wo ich mit Tofu abends nach der Eröffnungsgala die Sachen vom Buffet verputzt hatte.

Es kam mir ewig her vor.

Mir fiel ein, dass ich endlich meine Mutter anrufen sollte, um ihr von meinem Start an der Akademie zu berichten.

Als ich das Handy rausholte, um ihr zu antworten, entdeckte ich eine Nachricht von Aida:

Heute um ein Uhr nachts nächste Sitzung der ZUKUNFT. Erzähl niemandem davon.

Ich beschloss, den Anruf zu verschieben.

Ich musste dringend etwas Schlaf tanken.

Heut Nacht wollt ich nicht müde sein!

٧

Wenn ich mir eine Superkraft aussuchen könnte, würde ich, glaube ich, die wählen, immer und überall einschlafen zu können. Sofort, auf Knopfdruck.

Denn natürlich konnte ich so mitten am Tag nicht einschlafen. Also ging ich stattdessen spazieren, was nicht halb so spannend war wie zusammen mit Aida, legte mich dann doch hin, fiel in eine Art unruhigen Dämmerschlaf, in dem eine schreiende Brücke vorkam, die aus lauter abgehackten Händen bestand, und als der Wecker plötzlich klingelte, war ich erschöpfter, als wenn ich den Nachmittag stattdessen mit Üben verbracht hätte.

Ich kämmte mir die Haare wie vor einem Konzert, zog mir ein frisches T-Shirt an und erneuerte mein Deo.

Am Ende war ich trotz der Müdigkeit ganz zufrieden mit meinem Äußeren. Ich fand, es sah einigermaßen nach ZUKUNFT aus.

Gerade noch rechtzeitig dachte ich daran, Panzer seinen Salat und frisches Trinkwasser hinzustellen.

Immer noch hatte er an den alten Blättern nur ein winziges bisschen geknabbert.

Ich habe mich nie für Sport interessiert, weil ich es nie vorgelebt bekommen habe, wie man sich für Sport interessiert. Außerdem kamen mir selbst die Bewegungen der besten Fußballer irgendwie plump und grobmotorisch vor gegenüber den scheinbar schwerelosen Körpern, die ich seit der Kindheit auf der Bühne gesehen hatte.

Aber als ich an diesem Abend in die Akademie zur Nachtsitzung aufbrach, meinte ich, eine Ahnung zu haben, wie es wohl war, zu einem entscheidenden Endspiel ins Fußballstadion zu fahren.

Wie wird es heute ausgehen?, fragte ich mich. *Werden wir gewinnen?*

Es war kurz vor elf, als ich die Akademie betrat. Noch ein paar Minuten später, und ich wäre nicht mehr hineingekommen. (Ich bemerkte es am Knurren des Pförtners, dass ich wohl knapp dran war.)

Wieder einmal staunte ich über die vielen Klänge der übenden Leute unten im Keller. Er hatte etwas Unwirkliches, dieser Ort hier unten. Wie ein Paralleluniversum. Während oben die Leute zu Bett gingen oder sich vor den Fernseher fläzten, fiedelten hier unten die Studenten um ihr Leben. Das Wort *Nachtstreicher* kam mir in den Sinn. Ja, *Nachtstreicher*, das waren wir. Außenseiter, aber welche mit einer Mission.

Ich öffnete die freie Übezelle. Zelle traf es ganz gut. Ein wackeliger Klavierhocker, ein Notenständer und ein Spiegel an der Wand. Hier war alles, was man zum Üben brauchte, nicht mehr und nicht weniger. Sonnenlicht gehörte nicht dazu.

Ich schaute in den Spiegel. In dem fluoreszierenden Licht sah ich aus wie ein Zombie. *Nachtstreicher*, sagte ich leise. *Nachtstreicher*. Das Wort gefiel mir wirklich gut.

Ich klappte den Flügel auf, dass es im Raum hallte, und verspielte mir die Zeit bis zur Sitzung.

Das war etwas ganz Neues für mich: Zu spielen, um mir die Zeit zu vertreiben.

Ich fing mit den Stücken an, die Goldstein mit mir erarbeitet hatte, und war ziemlich schnell frustriert.

Was sich so einfach angefühlt hatte, solange er dabei war, ging mir allein auf einmal überhaupt nicht mehr leicht von der Hand. Es war, als wäre es ein anderes Stück oder ich ein anderer Pianist, ein sehr viel schlechterer Pianist.

Dass Stücke mir während der Stunde leichtfielen und alleine auf einmal viel schwerer, hatte ich schon einige Male erlebt, aber so extrem noch nie. Es war wie verhext!

Der schreckliche Verdacht, die Stunde könnte ein Traum gewesen sein und dieses Gestümpere hier die Realität, schlich sich ein. Wenn doch bloß Goldstein hier wäre ...

Irgendwann klappte ich die Noten zu und stattdessen das kleine gelbe Buch auf:

Perfektion hat immer etwas Kaltes.
Es geht aber niemand ins Konzert, um zu frieren.

Vielleicht war das der Unterschied, wenn Goldstein dabei war. Ich fror bei ihm nie. Nie gab er mir das Gefühl, perfekt sein zu müssen. Stattdessen öffnete er mir die Augen für das, was auf einmal DA war.

Goldstein ist ein Zauberer, dachte ich.

Ich packte die Noten zur Seite und spielte den Rest der Nacht Melodien, an die ich mich erinnern konnte, aus dem Kopf nach. Mochten sie noch so simpel sein. Darauf kam es nicht an.

Um kurz vor eins machte ich mich auf den Weg zur Arbeitsbühne. Mir war warm, trotz des kühlen Kellers. Ich nahm das als gutes Zeichen.

Ich freute mich so sehr darauf, Aida wiederzusehen. Ihre Stimme zu hören.

Aidas 2. Rede

Im Geschichtsunterricht wird immer so getan, als wären wir jetzt angekommen. Als wäre das Zeitalter der Aufklärung vorbei, als wüssten wir jetzt alles.

Aber das stimmt nicht. Wir sind noch längst nicht da, wo wir als Menschheit sein können, wir haben noch längst nicht den Dreh raus, wie man in Frieden lebt und wie man Gleichheit schafft für alle und Gerechtigkeit und ein Klima, das uns auch morgen noch atmen lässt. Wir leben nicht mal in einer richtigen Demokratie. Zwar füllen wir ab und zu ein paar Zettel aus und werfen sie in eine Plastikkiste. Aber immer noch entscheiden einzelne wenige mit Macht und nicht der Wille des Volkes.

Wir sind noch längst nicht angekommen. Wir sind immer noch auf der Suche. Nach einer fairen, friedlichen Welt.

Die Welt verändert sich jeden Tag. Jeden Tag! Sie verzahnt sich immer mehr, sie schmilzt und qualmt und brennt. Nie hat sie sich schneller verändert als jetzt. Wir kommen kaum noch mit. Aber wir müssen mitkommen! Wir können sie nicht einfach sich selbst überlassen!

Ich meine, die Erdkugel schmilzt. Wie krass ist das bitte? Sie trocknet aus. Wissenschaftler gehen davon aus, dass es schon bald Wüsten in Europa geben wird. Jeden Tag sterben unschuldige Menschen an den Folgen unseres Lebensstils und es werden noch so viel mehr sterben, wenn wir nichts ändern. Eine so krasse Ungerechtigkeit wird nicht ewig ge-

duldet. Erst recht nicht, seit es das Internet gibt und die Menschen SEHEN, *wie wir leben und wer schuld an ihrem Elend ist. Es wird Aufstände geben. Gewalt in einem Ausmaß, das wir uns nicht mal vorstellen können. Seuchen und Pandemien. Manche zufällig entstanden, manche vielleicht auch nicht ... Milliarden von Flüchtlingen und Kriege mit Waffen, die noch nie zuvor benutzt wurden.*

Das kann doch nicht sein, das kann doch nicht angehen, wir können doch nicht ... Wir können doch nicht EINFACH VERSCHWINDEN! *So will ich meinen Auftritt auf der Erde nicht. Ich will nicht stumpfsinnig abwarten. Ich will, dass wir verdammt noch mal darum kämpfen, das zu erhalten, was uns als Menschen ausmacht.*

Ich meine, es geht doch nicht darum, als Gattung zu überleben, es geht doch nicht darum, sich mit irgendwelchen Atemmasken und Schutzanzügen behängt durch die Gegend zu kämpfen. Nur, um irgendwie am Leben zu bleiben.

Wir müssen herausfinden, wie wir leben wollen. Was uns wirklich wichtig ist als Menschen. Und wie wir alle, alle Erdbewohner, die es gibt, friedlich zusammenleben können. Irgendwie muss es doch gehen ...

Das ist unsere Aufgabe. Und es ist eine verdammt schwere Aufgabe, denn es kommt mir so vor, als wollten ALLE *auf dieser Welt uns davon abhalten, sich damit zu beschäftigen.*

Die Industrie gibt sich die größte Mühe, uns zu passiven, kleinen Konsumenten zu machen.

Die Schulen geben sich die größte Mühe, uns zu passiven, kleinen Aufgabenerfüllern zu machen, die sich nach Lob und guten Noten verzehren, und den Rest der Zeit dröhnen wir uns selbst zu mit irgendwelchem Ballast oder machen uns verrückt, weil uns unser Unterkiefer nicht gefällt.

Aber wenn wir das schaffen, wenn wir es schaffen, einen neuen Kurs einzuschlagen, dann sind wir dem, was wir Menschen nennen, noch viel näher gekommen.

Denn darum geht es: Nicht um den Erhalt der Menschheit, sondern um den Erhalt der Menschlichkeit.

Wir müssen uns vor Augen halten, wie es sein könnte. Jeden Tag. Was alles möglich ist – mmmm, wenn ich nur daran denke, wie es sein könnte ... werde ich beinahe high!

Und dann müssen wir uns fragen, wie wir da hinkommen. Das ist alles. Fragen. Immer wieder Fragen: Wie? Wie schaffen wir das?

Das wird ausreichen. Antworten werden kommen. Wir sind doch alle so klug, so gebildet, wir haben Zugang zur größten Datenbank der Menschheitsgeschichte, wir können es schaffen!

Wenn wir wirklich danach suchen.

Wenn wir wirklich fragen.

ۯ

Es ist ein seltsames Gefühl, plötzlich wieder in einer Schule zu sein. Irgendwie sehen alle Schulen gleich aus. Dieselben langen Korridore, niedrigen Decken und nummerierten Räume. Dieselben Wandfarben und Mülleimer.

Ich fühle mich sofort zurückversetzt. Sehe mich im Flur auf den Lehrer warten. Oder nach meinem Sportbeutel suchen.

Ich habe mich in der Schule immer eingesperrt gefühlt, eingesperrt und unverstanden, aber heute ist alles anders.

Wir schwärmen aus. Wir Nachtstreicher der ZUKUNFT. Lautlos verteilen wir uns über die gesamte Schule. Oder vielleicht halten wir uns auch nur für lautlos.

Es riecht nach Kleister, als wir uns im Dunkeln über die Wände hermachen. Eine Frage nach der anderen, Aida hat stapelweise welche mitgebracht. Heute trägt sie eine braunhaarige Perücke mit einer Hochsteckfrisur und einen weiten, schwingenden Rock, sodass sie aussieht wie Mary Poppins.

Warum ist ›einsilbig‹ dreisilbig?, steht auf dem ersten Plakat, das sie aus ihrer Tasche gezogen hat.

Mit welcher Geschwindigkeit breitet sich Dunkelheit aus?, steht auf dem nächsten.

Und es kommen noch so viel mehr:

Warum klebt der Kleber nicht innen in der Tube fest?
Woher weiß man, wann der richtige Zeitpunkt ist für Sex?
Was heißt ›schön‹?
Wovor lohnt es sich, Angst zu haben?

Wie sähe das ultimative Paradies für alle aus?

Wie macht man ein Feuer ohne Feuerzeug? Was ist Feuer überhaupt?

Was kann ich tun, damit Oma als glückliche Oma stirbt?

Gibt es Gott?

Wie pustet ein Drache seine Geburtstagskerzen aus?

Warum ist fliegen legal, den Rasen betreten aber nicht, wenn doch das erste viel mehr Schaden anrichtet?

Kann man reich sein und trotzdem ein guter Mensch?

Können Worte Leben retten?

Wie verteidige ich mich gegen Leute, die stärker sind als ich?

Wie baue ich ein Baumhaus?

Kann man mehrere Menschen gleichzeitig lieben?

Wie steuert man ein Rettungsboot?

Wie finde ich heraus, was mein Traum ist?

Hat jeder Mensch ein Talent?

Woran erkenne ich, wer der richtige Partner für mich ist?

Wie verzeiht man?

Ist es schlimm, wenn ich kein Mathe lernen will?

Was fühlt ein Schmetterling im Bauch, wenn er verliebt ist?

Wie kriege ich Macht? Und wie lerne ich, damit umzugehen?

Wie heißt der Baum vor dem Fenster?

Und wie der Vogel, der darin nistet?

In welcher Farbe läuft ein Schlumpf an, wenn man ihn würgt?

Irgendwann ist der letzte Kleistertopf leer und wir steigen auf Sprühdosen um. Wir denken uns weitere Fragen aus.

Kann man durch Musik einen Orgasmus kriegen?, sprüht Raúl.

Gibt es ein Leben außerhalb des Körpers?, schreibt Valentin.

Warum sind so viele Lehrer solche Kotzbrocken?, krakelt Phyllis.

Was tun bei Langeweile im Unterricht?, füge ich hinzu.

Und so geht's immer weiter.

Woran erkenne ich gute Freunde?

Wie werde ich selbst ein guter Freund?

Was machen Obdachlose im Winter?

Warum bringen Antworten mehr Punkte als Fragen?

Wie lernt man Humor?

Inzwischen sind die Wände nicht mehr kackbraun. Sie sind voller Wörter, eine richtige Lawine, und genau das ist es doch, was wir wollen, eine Lawine lostreten.

»Ich liebe euch«, sagt Aida voller Dankbarkeit als wir uns draußen vor dem Fenster verabschieden. »Ich liebe DIE ZUKUNFT!«

»Ich auch«, sage ich und füge nach einer Pause hinzu: »Sehr.«

ϟ

Am Wochenende kam meine Mutter zu Besuch und lud mich zum Frühstücken ein. Wie immer kassierte sie bewundernde Blicke von alten Knackern, als sie in ihrem kurzen Sommerkleid in perfekter Haltung zwischen den Tischen entlangschritt. Meine Mutter hatte nicht die Beine einer Mama, sondern immer noch die einer Ballerina.

Sie bestellte eine Schlemmerplatte für mich und für sich selbst wie immer einen frisch gepressten O-Saft mit Ei und Schwarzbrot.

Sanft strich sie mir mit ihren Fingern durchs Haar. »Wie ergeht es dir, mein Lieber?«

»Ganz gut.«

Sie nahm meine Hände in ihre und sah mir fest in die Augen. »Konzentrier dich auf das, was zählt, Theo. Dieser Wettbewerb kann deine ZUKUNFT verändern. Liegt dir was an der ZUKUNFT?«

Ohne nachzudenken, antwortete ich: »Ich würde alles für DIE ZUKUNFT geben.«

7

»Perfektion hat immer etwas Kaltes«, sagte Goldstein.

»... man geht aber nicht ins Konzert, um zu frieren«, ergänzte ich.

Goldstein sah überrascht aus. »Sie haben mein altes Handbuch gelesen?«

»Aber ... auf dem Cover steht C. Stein«, stammelte ich. »Das sind Sie?«

»Eigentlich heiße ich Cornelius Stein. Mein Manager hat mich später dazu gebracht, mich umzubenennen. Cornelius Goldstein zieht mehr, meinte er. Womit er auch recht hatte. Das Buch ist lange vor meiner Konzertkarriere erschienen. Als ich mit meiner damaligen Freundin in New York lebte. Sie war Musikjournalistin und hat mir ziemlich geholfen. War trotzdem ein Flop ... Herrje, ich dachte, das Buch sei längst vergriffen!«

»In der Bibliothek stand eins. Zwischen den Brahms-Bänden.«

»Na, das ist ja ein Zufall ...« Es schien ihm fast etwas peinlich zu sein. »Wissen Sie, wir waren damals sehr jung, sehr idealistisch. Vieles, was in dem Buch steht, würde ich heute ...«

»Ich finde es toll«, unterbrach ich ihn. »Ich finde es genau richtig. Es hat mir sehr geholfen.«

»Wenn es Ihnen geholfen hat, freut es mich«, sagte Goldstein. »Das freut mich wirklich.«

Es entstand eine kurze Pause.

»Also dann«, sagte Goldstein, »dann spielen Sie das Stück noch einmal – und zwar weniger kalt. Lassen Sie mich den Hochsommer spüren!«

Ich spürte.

Ich spielte.

Ich ließ den letzten Ton nachklingen und bemerkte erstaunt, wie anders die neue Stille klang, als die Stille vorher.

»Wenn Sie so spielen, dann werden Sie nicht nur den Wettbewerb gewinnen«, sagte Goldstein trocken, nachdem der letzte Ton verklungen war. »Es wird sich auch jede in Sie verlieben.«

Ich beschloss, Aida zum Wettbewerbskonzert einzuladen.

7

»Lass uns auf die Brücke gehen«, sagt Aida eines Abends zu mir, als ich gerade aus meiner Übezelle gekrochen komme, und wir laufen zu der alten, eisernen Brücke, die über die Hauptstraße führt. (Diesmal hat sie eine violette Perücke auf dem Kopf, die genau zur Farbe der Wolken passt.)

Es begegnen uns nur wenige Passanten auf dem Weg. Einmal ein älterer Mann, der denselben Schnauzer trägt wie sein Hund, und einmal zwei Frauen, die etwa im Alter meiner Mutter sind und sich über eine Geburtstagsfeier aufregen, von der sie anscheinend gerade frühzeitig nach Hause kommen. Aber seltsamerweise lächeln sie uns alle drei freundlich an, als wir an ihnen vorbeilaufen.

»So freundlich kam mir die Stadt noch nie vor«, sage ich erstaunt.

»Sie bemerken unsere gute Energie«, behauptet Aida. »Sie sehen, wie wir im Dunkeln leuchten.«

Wir erreichen die große, eiserne Brücke und bleiben, ohne dass wir es abgesprochen haben, auf der Mitte stehen. Auf der Hauptstraße unter uns sind trotz der späten Uhrzeit noch eine Menge Autos unterwegs.

»Stell dir vor, dass jeder von denen unbedingt noch wo hinwill«, sagt Aida. »Und jeder von ihnen denkt, er sei der Wichtigste. Und dass die anderen Autos ihm bei seinem Ziel im Weg sind.«

»Ja«, sage ich. »Es ist eigentlich völlig verrückt.«

»Wollen wir etwas noch viel Verrückteres machen?«, fragt Aida so aufgekratzt, wie ich sie noch nie erlebt habe.

»Okay ...«, auf einmal wird mir ganz kribbelig.

Aida nimmt meine Hand und ich lasse mich von ihr bis zum Ende der Brücke ziehen. Dort ist eine kleine Treppe, auf der *Zutritt verboten* steht. Wir laufen hinunter. Mein Herz pocht wild.

»Schaffst du es, auf den Sockel zu springen?«, fragt Aida und zeigt hoch auf den ersten der großen Betonsockel, auf denen die eisernen Brückenpfeiler stehen.

»Was? Da hoch?!«, frage ich.

Aida antwortet nicht, sondern nimmt stattdessen zwei Schritte Anlauf, geht in die Knie und springt wie eine Katze hoch auf den Sockel. Sie streckt mir eine Hand entgegen. »Darf ich Ihnen behilflich sein?«

»Danke, es geht schon«, sage ich, nehme Anlauf und mache einen Bauchplatscher auf den Sockel. Aida hilft mir, mich hochzuziehen. Meine Rippen schmerzen etwas, aber ich bin oben. Ich sehe Aida an. »Und jetzt?«

Aida rückt ihre violette Perücke zurecht. »Jetzt«, sagt sie, »klettern wir durchs Gebälk auf die andere Seite.«

Eigentlich müsste ich Todesangst haben, denn was wir da tun, ist definitiv lebensgefährlich. Selbst wenn wir, was unwahrscheinlich ist, den Sturz von der hohen Brücke überlebten, würden wir doch sofort von einem der rasenden Wagen erfasst werden. Und natürlich fürchte ich mich. Ich fürchte mich unglaublich. Aber längst nicht so sehr, wie es angebracht wäre.

Aida klettert voran und ich mach einfach alles nach, was sie tut. Dort, wo sie hintritt, trete ich auch hin, dort, wo sie sich festhält, halte auch ich mich fest.

Sie wird nicht fallen.

Irgendwie weiß ich das einfach.

Nichts an Aida strahlt aus, dass sie fallen wird. Vielleicht meinte sie das mit der »guten Energie«. Und solange ich tu, was sie tut, werde ich auch nicht fallen, so einfach ist das.

Am Anfang wummert mein Herz noch, doch allmählich beruhige ich mich. Man kann sich an alles gewöhnen, selbst an Lebensgefahr.

Wir sprechen nicht miteinander, trotzdem fühle ich mich über die Streben mit ihr verbunden (und hoffe inständig, dass es ihr genauso geht).

In der Mitte der Brücke stoppt sie auf einmal und setzt sich auf einen Balken. Ich klettere neben sie, halte mich aber wohlweislich an einem weiteren Balken fest, bevor ich nach unten gucke. Es ist das erste Mal seit unserer Kletterexpedition, dass ich nach unten gucke.

Oh, wie gut, dass es das erste Mal ist! Augenblicklich krallt sich meine Hand fester um das Metall. So hoch sind wir! So schnell rasen die Autos über die vierspurige Straße ...

»Meinst du, die sehen uns?«, fragt Aida. Sie hält sich nicht fest. Sitzt ganz lässig mit einem Bein angewinkelt auf dem breiten Balken.

»Ich glaube nicht«, antworte ich, »ich glaube, die Lichter da unten sind zu hell, als dass sie uns sehen könnten. Wenn sie überhaupt nach oben schauen.«

Aida rutscht näher an mich heran. Ein entrückter Ausdruck ist in ihr Gesicht getreten. Er macht sie noch schöner.

»Lass uns das alles aufsaugen«, sagt sie und lehnt sich an mich. »Alles, jedes kleinste Detail. Wer weiß, was kommt.«

Ich nicke.

Ich spüre den Wind, wie er mir den Staub ins Gesicht bläst.

Ich sehe die Autos, die rasenden Lichter, die aus der Dunkelheit angerauscht kommen und wieder davon verschluckt werden. Vom Nichts ins Nichts. Unzählbar viele ...

Darüber den Himmel, wie eine große, dunkelblaue Decke.

»Du stirbst gerade«, raunt Aida, »jetzt, in diesem Moment. Du tust es nur sehr langsam – so langsam, dass du dir aussuchen kannst, was du dabei machen willst. Was willst du machen?«

Ich starre sie an.

»Sag, auf welche Art möchtest du sterben, Theo?«, fährt Aida fort. »Beeil dich, es hat schon angefangen!«

Ich gucke bestürzt und sie lacht.

Ein Auslachen ist es nicht.

»Ich weiß es nicht«, sage ich, »irgendwie ... mit Musik, glaube ich.«

»Welche Musik?«, fragt Aida.

Noch vor einer Woche hätte ich *Klassik* geantwortet. Jetzt sage ich: »Ich weiß es noch nicht.« Und nach einer Weile füge ich leise hinzu: »Ich weiß so vieles noch nicht.«

Aida sagt nichts dazu. Ich wünschte, sie würde etwas dazu sagen. Ich komme mir auf einmal so dumm vor. So unendlich stümperhaft, klein und unbedeutend.

»Warum hast du DIE ZUKUNFT gegründet?«, frage ich. »Wie kam das?«

»Weißt du, Theo«, sagt Aida. »Manchmal muss man vorher gar nichts wissen. Einfach machen. Und hinterher weiß man mehr.«

Ich nicke. Ich würde sie so gerne küssen, doch sie rückt jetzt wieder ein Stück von mir weg.

»Ich hasse es so sehr, wie die Akademie uns dieses Gefühl gibt«, sagt sie nach einer Weile. »Dass man alles erst können muss, bevor man es tun darf. Dass sich genau bestimmen lässt, ob etwas gut ist oder schlecht, dass es Leute gibt, die darüber entscheiden. Schlimmstenfalls Leute wie Werner Stenzel, die nur darauf achten, bei welchen Künstlern sie einen Ständer bekommen. Und alle himmeln ihn an. Es ist so unfassbar absurd ...«

»Ja«, sage ich, »das ist absurd.«

»Dabei kommt es doch auf so viele andere Dinge an! Wenn ich Kunst sehe, will ich ein Gefühl haben wie hier oben auf der Brücke. Ich will alles aufsaugen und denken, wie herrlich alles ist, wie unfassbar herrlich. Ich will für ein paar Minuten meine Sterblichkeit vergessen ...«

Ich nicke. »Das will ich auch«, sage ich. *So sehr ...*

»Dann lass uns darum kämpfen, Theo«, sagt Aida. »Komm, wir versprechen es uns gegenseitig. Dass wir darum kämpfen werden, solche Augenblicke zu erleben! Möglichst viele davon! Was auch immer andere dazu sagen!«

»Ich verspreche, dass ich darum kämpfen werde«, sage ich und halte ihr meine Hand hin.

Jetzt rast mein Herz doch wieder wie das eines hektischen Kolibris.

Aida ergreift meine Hand. Sie ist kälter als meine. »Als ginge es um mein Leben«, sagt sie.

ʻ

Ich schlief immer weniger, aber ich träumte viel.

Von Musik.

Von der ZUKUNFT.

Vor allem natürlich von Aida.

Einmal schreckte ich nachts um drei auf und hatte Angst, große Angst, die Geschichte mit Aida könnte aus irgendeinem Grund nicht weitergehen. Ich wollte sie festhalten, irgendwie, wollte festhalten, was wir erlebt hatten. Ich tastete im Dunkeln nach einem Stift und kritzelte:

Wir sitzen nachts
zwischen den Streben
der Brücke
und tun nichts als
zu leben

Wir lassen die Beine
schaukeln

Meine Beine
und deine Beine

Gaukeln uns vor,
wir wärn alleine

Und unter uns
verschwimmen die Gesichter
... im Rasen der Lichter

Erleichtert schlief ich weiter. Es war keine große Lyrik, das wusste ich, aber ein kleines bisschen von Aida hatte ich festgehalten. Ein kleines bisschen von ihr war mir schon ganz nah.

7

Es fiel mir unendlich schwer, mich zum nächsten Theorieunterricht zu schleppen. Inzwischen kam es mir wie eine Folter vor, dem Sonnenkönig in seiner knarzenden Jeans beim Schwadronieren zuzuhören. Ich wollte die Musik nicht erklärt bekommen. Erleben wollte ich sie! Nicht erledigen.

Müde und genervt drückte ich auf die Aufzugtür, ging hinein und erstarrte. Der Mann, der mit mir fuhr, war Werner Stenzel.

Ich starrte auf die goldene Uhr an seinem Handgelenk und hielt so weit wie möglich von ihm Abstand. Er roch teuer.

Überraschenderweise sprach er mich an. »Sie sind doch der Sohn des berühmten Timon Sandmann«, sagte er. »Ich habe ihn mal live bei einer Premiere gesehen, in Hamburg. Vor Jahren ... Es freut mich, dass Sie hier aufgenommen wurden. Willkommen an der Akademie.«

Seine Stimme klang warm und freundlich. Gar nicht so aufdringlich, wie ich es erwartet hätte. »Danke«, brachte ich heraus und er lächelte breit. Wie weiß seine Zähne trotz des Alters waren ...

Auf einmal konnte ich es kaum erwarten, bei Ludwig im sterbenslangweiligen Unterricht zu sitzen.

»Es freut mich wirklich sehr«, fuhr er fort. »Ich habe gehört, dass Sie sich für den Wettbewerb angemeldet haben. Mutig finde ich das. Seeehr mutig, junger Freund!«

Ich lächelte gezwungen. »Es war Herr Goldstein, der mich angemeldet hat.«

»Ein kluger Mensch, der Herr Goldstein ...«

»Ja.«

Stenzel betrachtete mich eingehend. Er trug wie bei der Rede ein knallblaues Sakko, das seine Augen leuchten ließ. »Sagen Sie, stimmt es eigentlich, was man über Tänzer sagt ...«, fragte er mit einem verschmitzten Lächeln und legte mir eine schwere Hand auf die Schulter..

»Ich verstehe nicht ...«

In diesem Moment hielt der Aufzug und Herr Goldstein stand vor der Tür. Ich hätte mich ihm an den Hals werfen können.

»Guten Tag, Herr Stenzel«, sagte er in einem so kühlen Ton, wie ich ihn noch nie gehört hatte. »Ich hoffe, Sie haben nicht vor, mir meinen Schüler zu stehlen. Der ist mir nämlich sehr wertvoll.«

Stenzel lachte auf, als wäre es ein Scherz. »Keine Sorge, Goldstein. An Wertvollem mangelt es mir nicht.«

Wie sich die beiden anfunkelten ... Ich verließ den Aufzug so schnell wie möglich und atmete erst auf, als sich die Türen geschlossen hatten.

Auch Goldstein schien erleichtert. Es dauerte, bis sein Gesicht die Gelassenheit zurückhatte, die ich aus dem Unterricht kannte. »Sprechen Sie nicht mit diesem Mann, wenn es sich irgendwie vermeiden lässt«, sagte er leise. »Ich sage es nur ungern, aber in diesem Fall bleibt mir nichts anderes übrig, als Sie zu warnen: *Er ist kein guter Mensch.*«

Ich nickte. Meine Finger zitterten. Ich wollte ihn noch was fragen, aber da war Goldstein schon um die Ecke.

Während Ludwigs Theoriestunde stand ich wie unter Strom. Ich bekam kein Wort davon mit, was er schwafelte, in Gedanken war ich immer noch im Fahrstuhl.

Auf der einen Seite Stenzel, auf der anderen Goldstein – und ich im Spannungsfeld dazwischen ...

»Alter«, zischte Raúl. »Was ist los mit dir?« Ich zuckte zusammen, als er die Hand auf mein wippendes Knie legte.

Ich hatte keine Antwort.

Ich wusste nur, dass ich ans Klavier wollte.

Dringend.

Ich hackte in die Tasten, als würde ich Stenzels schwere Hand damit abwehren wollen, aber das dissonante Geklimper, das dabei herauskam, löste die Anspannung kein bisschen. Im Gegenteil.

Tief ausatmend ließ ich die Hände sinken.

Dieser Mensch verdient es nicht, dass man ihm auch nur einen Ton widmet, entschied ich. Stattdessen kramte ich das kleine Gedicht hervor, das ich über Aida und mich auf der Brücke geschrieben hatte.

Vielleicht war es gar kein Gedicht.

Sondern ein Songtext.

Nie werde ich die Rede vergessen, die Aida in der dritten Nachtsitzung hielt.

Sie veränderte uns alle unwiderruflich.

Sie nahm uns alles und gab uns alles.

Sie machte uns wild.

Aidas 3. Rede

Theo, du hast mich gefragt, warum ich diese Gruppe gegründet habe. Wie es dazu kam.

Ich will euch sagen, wie es dazu kam.
Ich hoffe, es tut euch nicht allzu sehr weh, das hoffe ich wirklich.

Aber ich will euch die Wahrheit sagen und die Wahrheit ist: Weil mir nicht mehr viel Zeit bleibt.

Manche Künstler rasieren sich die Haare ab, um einmal die Erfahrung zu machen, wie es ist.
Mir sind die Haare schon vorher ausgefallen. Die medizinischen Einzelheiten erspare ich euch. Es ist ein bösartiger Hirntumor namens Glioblastom und er ist genauso beschissen, wie er klingt.

Das ist der Grund. Ein Hirngewächs mit einem bescheuerten Namen. Ich bin nicht mutiger als ihr, ich habe nur keine Zeit, mich zu fürchten. Die Zeit, die mir noch bleibt, will ich mit Leben verbringen, nicht mit sinnloser Verschwendung.
In gewisser Weise habe ich Glück. Meine Zeit läuft schneller ab. Im Zeitraffer sieht man die Dinge manchmal besser. Ich sehe die Tage, die vor mir liegen, und ich sehe, was ich alles tun kann. Ich sehe, was ich alles verändern kann. Und oh ... es ist so viel. Mir bleibt fast die Luft weg, wenn ich

daran denke, wenn ich es wirklich zu Ende denke und wenn ich wie bei einem Hürdenlauf all die Regeln und Vorurteile und Ängste überspringe.

Weit und schnell werden wir kommen, dass wir nur so auf die bessere ZUKUNFT zurasen. Schaut nicht nach rechts und links, kein Sprinter tut das, niemand, der wirklich ankommen will, tut das, schaut nach vorn.

Erfüllung für uns alle, noch in diesem Leben. Wenn ihr sie wollt, dann holt sie euch, rennt, selbst wenn ihr barfuß seid, hört nicht auf die, die euch anketten wollen mit den Ketten, die sie längst für Schmuck halten, an deren Schwere sie sich gewöhnt haben.

Kaum etwas macht so glücklich wie Konsequenz.

Ihr wollt Gerechtigkeit?
Dann holt sie euch.

Ihr wollt Gemeinschaft?
Hier ist sie.

Ihr wollt Glück?
Dann gebt Gas.

Und ich bitte euch von Herzen, tut es jetzt. Wer weiß, was morgen kommt!

Es ist nicht die Länge, die ein Leben ausmacht, sondern die Intensität – genau wie bei einem Kuss.

DIE ZUKUNFT beginnt jetzt.

Diesmal lachen wir nicht, während wir ausschwärmen. Ich bin betäubt. Ich kriege gar nicht richtig mit, wie wir die Akademie verlassen und durch die menschenleere Fußgängerzone hinter Aida herlaufen.

Mir fällt nichts ein, keine Musik, die dazu passen könnte. Moll ist kein Ausdruck für das, was in mir vorgeht. Nicht mal D-Moll, die dunkelste Klangfarbe überhaupt. Die Todes-Tonart. Jedes Reqiuem ist in D-Moll geschrieben.

Es ist ein Kaufhaus, das Aida zu unserem nächtlichen Ziel erkoren hat. Irgend so ein Kinderarbeit-Billigbekleidungs-Kaufhaus, aber das Schlimmste ist nicht die Ausbeutung, sagt sie, das Schlimmste ist auch nicht der Sklavenhandel, das Schlimmste an diesem Laden ist das große Pappschild an der Decke.

EINKAUFEN MACHT GLÜCKLICH

steht dort. Aida nennt das die »Perversion unserer Zeit«. Es ist so, als würde man eine Henkersmahlzeit »Happy Meal« nennen, sagt sie, oder als hieße eine Dokumentation über Knochenkrebs »Funny Bones.«

Ich will jetzt nicht über Krebs nachdenken. Ich will einfach nur tun, was Aida tut. Ich will leben, solange wir es noch können. Ich will ihr so nah sein wie möglich, auch wenn ich weiß, dass es mir das Herz zerfetzen wird. Wir alle wissen es.

Raúl laufen die Tränen herunter. Valentins Stimme klingt nicht mehr so samtig wie sonst. Phyllis' Bewegungen sind noch aggressiver als sowieso.

Keine Ahnung, wo Aida den Schlüssel herhat, mit dem wir durch eine Seitentür in den Laden hineinkommen. Aida kennt viele Leute und viele Wege. Aida ist schlau. Sie verschwendet keine Zeit. An ihr müssen wir uns orientieren in der kommenden schweren Zeit. Nur, was wenn sie nicht mehr da ist? Was soll dann kommen? Ich sehe nichts. Meine Fingerkuppen nehmen kaum etwas wahr, während wir die Klamotten von den Ständern reißen. Alle Klamotten reißen wir von den Ständern, bis die Ständer nackt und lächerlich allein herumstehen.

Wir schmeißen die Kleidung auf einen großen Stapel. Einen sehr großen Stapel. Einen eklatant großen Stapel, der fast bis zur Decke reicht, ein Gebirge.

Es erinnert mich an den Besuch in einem KZ, den wir mit der Schule unternommen haben. Nur dass die Kleider heute bunter sind.

Ein Bild, das ich nie vergessen werde: Aida, wie sie todesmutig hinaufklettert, mit einem schwarzen Kopftuch, das sie aussehen lässt wie eine Piratin auf hoher See. Eine Heldin. Und das ist sie ja auch. Gott, wie sehr ich sie liebe, als sie uns eine Grimasse schneidet und eine Spraydose zückt:

EIN HAUFEN MACHT GLÜCKLICH

steht jetzt auf dem Schild und trotz allem muss ich kurz grinsen. Aida ist einfach unglaublich ...

Da schrillt plötzlich eine Alarmanlage.

»Raus hier!«, brüllt Aida, während sie den Berg herunter-surft, und wir spurten los. Der Boden quietscht unter unseren Sohlen.

Wir rennen durch den Hinterausgang nach draußen hinein in die warme Nacht. Ich höre das Keuchen der anderen neben mir.

Wir japsen beim Rennen. Es ist gut, was wir tun. Aber was Aida uns in dieser Nacht mitgeteilt hat, lässt unseren Anschlag dennoch klein wirken.

Uns ist bereits klar, dass es nicht reicht.

Wir wollen mehr.

Als wir an der Brücke vorbeikommen, halten wir an. Kein Windhauch ist zu spüren. Wir sind merkwürdig still. Selbst Phyllis hat diesmal keinen flapsigen Spruch auf der Zunge.

Ich bin es, der als Erstes etwas sagt: »Nennt mich ab heute nicht mehr Theo, ja? Nennt mich Neo.« Der Einfall ist mir ganz plötzlich gekommen. Vielleicht wegen der vielen Neon-klamotten.

»Neo«, wiederholt Valentin. »Das klingt schick.«

»Theo klingt wie Theorie«, erkläre ich. »Die Zeit ist zu kurz für Theorie.«

Aida lächelt. »Willkommen in der ZUKUNFT, Neo.« Sie sieht mich lange an, so lange, bis ich in ihre Umarmung falle. Valentin legt die Arme um uns beide. Dann Phyllis. Und Raúl. Bis wir ein verzweifelter, wütender, liebender Klumpen sind. Der Stoff, aus dem die Träume sind – und die Albträume.

Werde ich jemals Töne dafür finden?

Ich finde ja nicht mal Worte.

Wir gehen nach Hause ohne Verabschiedung, jeder für sich allein.

♪

III
NEO

Am nächsten Morgen schwänzte ich die Akademie.

Eine Nachricht von Tofu ploppte auf meinem Bildschirm auf: »*Hey Theo! Frag nicht, wie ich deine Nummer rausgekriegt hab, der Geheimdienst verbietet es mir, darüber zu sprechen. Ich schreibe dir, um dir die freudige Mitteilung zu machen, dass ich ohne längerfristige Schäden dem belgischen Irrenhaus entkommen bin. Back at the Akademie also. Magst du mir vielleicht endlich deine Schildkröte vorstellen? Ich würde supergern ihre Bekanntschaft machen!*«

Ich antwortete nicht.

Den Theo, den sie suchte, gab es nicht mehr.

ץ

An der U-Bahn-Haltestelle kam mir Michelle auf der Treppe entgegen und ich wollte schon einen anderen Weg nehmen. Aber da hatte sie mich bereits entdeckt.

»Sandmännchen! Warum warst du nicht in der Akademie? Frau Leis hat dich vermisst!«

»Ich war krank.«

»Hm. Du siehst auch etwas mitgenommen aus. An deiner Stelle würde ich mich ins Bett legen.«

»Mach ich auch gleich.«

»Hast du schon von dem Wasserschaden gehört?«, fragte mich Michelle. »Der gesamte Parkettboden ist komplett ruiniert. Derek meinte, das grenzt an Terrorismus!«

»Da hat Derek vermutlich recht«, sagte ich ausweichend und wollte an ihr vorbeigehen. »Bis dann, Michelle.«

»Bis dann, ich muss jetzt eh zu Werner Stenzel.«

Ruckartig drehte ich mich um. »Was willst du denn bei Werner Stenzel?«, fragte ich Michelle.

»Er hält mich für sehr talentiert«, sagte Michelle, »und meinte, ich sollte ihm mal in seiner Villa vorspielen. Er hat einen Steinway im Wohnzimmer.«

»Wann hat er dich denn spielen hören?«

»Er meint, man merkt es an meiner Ausstrahlung.« Sie lächelte stolz. »Er meint, ich verkörpere sowohl das Feuer als auch die Ästhetik.«

»Mach das nicht, Michelle«, sagte ich. »Bitte mach das nicht.«

Michelles Mund wurde hart. »Du hast doch nur Angst, dass ich dir den Wettbewerb vermassele!«

»Nein, ich …«

»Ich muss jetzt los, Sandmännchen. Nicht jedem ist Pünktlichkeit so unwichtig wie dir.« Und damit schwebte sie die Treppe hoch und davon.

»Ihre Schultern sind ganz hart«, stellte Goldstein fest. »Wie wollen Sie Ihre Seele bis in die Fingerspitzen schicken, wenn sie zwischen den Schulterblättern stecken bleibt?«

Ich schüttelte meine Schultern aus und Herr Goldstein lachte. »Nein, nein, so werden Sie die nicht los. Da sitzt was Tieferes. Bedrückt Sie etwas?«

»Ich ... ich weiß es nicht.«

Für einen Moment überlegte ich, Goldstein alles zu erzählen.

Aber dann dachte ich wieder daran, warum ich hier war. Hier bei Goldstein. Ich war hier wegen der Musik.

»Nun, Ihre Schultern wissen es aber. Ist es wegen Stenzel neulich?«

Dankbar nahm ich die Vorlage an und nickte. »Warum ist er hier?«, fragte ich. »Wenn alle es wissen ... warum schickt ihn niemand weg?«

Goldstein schwieg. Nie hatte ich ihn so alt gesehen. »Weil jede Kunst-Institution zwei Dinge braucht: Geld und Renommee«, sagte er. »Und leider hat Stenzel von beidem im Übermaß.«

Ich spürte eine Wut in mir aufkommen, wie ich sie noch nie zuvor erlebt hatte. »Es geht doch um die Kunst«, sagte ich wütend. »In ZUKUNFT sollte es nur noch um die Kunst gehen.«

»Ich hoffe es sehr«, sagte Goldstein müde. »Ich habe der Kunst immerhin mein Leben geschenkt. Aber wir müssen akzeptieren, dass wir nicht alles ändern können.«

»Aber vieles!«, antwortete ich.

Goldstein lächelte. Es war ein so anderes Lächeln als das von Stenzel. Freundlicher ... fast dankbar. »Herr Sandmann«, sagte er voller Respekt in der Stimme. »Sie sind ein Mond in dunkler Nacht.«

»Vielleicht hab ich das von meinem Vater«, murmelte ich verlegen. »Er wurde immer Sternschnuppe genannt. Weil er so schnell und so leuchtend war.«

»Und sie sind eben ein Mond«, sagte Herr Goldstein. »Das Gute daran ist: Monde leuchten länger als Sternschnuppen.«

Ich lachte und weinte gleichzeitig.

ץ

Später sah ich, dass Tofu und meine Mutter versucht hatten, mich anzurufen.

Ich löschte die Nachrichten ungehört.

Stattdessen schrieb ich Aida: *Lust auf einen Spaziergang?*

Ich war nicht länger nervös, ihr zu schreiben. Ich hatte keine Zeit, um zu zögern.

Sie war die Einzige, die mich wirklich verstand.

ל

Es dauerte den ganzen nächsten Tag, bis Aida antwortete. Eine schreckliche Zeit, in der ich eigentlich hätte üben sollen. Aber stattdessen sah ich mir ein altes Musikvideo nach dem anderen an. Über Otis Redding geriet ich an Sam Cooke und über Sam Cooke an Nina Simone.

Ich war hingerissen. Sie sangen alle so echt. So leidenschaftlich. Und gleichzeitig so voller Großartigkeit und Tiefgang, fast heilig.

Sie sangen so, wie Aida für mich war.

Auf einmal waren die alten Selbstzweifel zurück. Ob es ein Fehler war, ihr geschrieben zu haben? Bestimmt war es ein Fehler!

Sie verschwanden sofort, sobald Aida antwortete: *Wir können uns bei mir zu Hause treffen. Du könntest mir helfen, die nächste Nachtsitzung vorzubereiten.*

Wann und wo?, schrieb ich zurück.

Hölderlinstraße 3. Jetzt, war die Antwort.

Ich kämmte mir kurz die Haare und brach auf.

Aidas Wohnung war ein Traum.

Sie sah genau so aus, wie ich sie mir vorgestellt hätte, nur noch viel wunderbarer.

Ist das real?, dachte ich immer wieder, während ich mich umschaute. *Kann dieser Ort wirklich echt sein?*

Die Wände waren bedeckt von den unterschiedlichsten Plakaten. Es waren viele alte Filmplakate darunter – Pulp Fiction, *FAME*, Psycho, Casablanca –, aber auch viele Poster von Stars wie Janis Joplin, Marlene Dietrich oder dem jungen Jack Nicholson und wichtigen Rednern wie Martin Luther King und Greta Thunberg.

Es kam mir vor, als hätte ich endlich das Zuhause gefunden, nachdem ich mich immer gesehnt hatte. Die Wohnung meiner Mutter war immer aufgeräumt gewesen, alles hatte seinen genauen Platz. Hier standen überall Topfpflanzen und vertrocknete Blumen herum, bunte Lampions schaukelten von der Decke und zwischen den Filmplakaten hingen überall große und riesige Zettel voller Gekritzel.

Ich wechselte einen Blick mit Aida. Sie lächelte das Lächeln eines liebenswürdigen Gastgebers. Sicher wollte sie, dass ich mich umsah, dass ich in ihre Welt eintauchte, sonst hätte sie mich nicht hierhergebracht.

Der Gedanke machte mich beinahe bebend vor Glück ... Schnell trat ich näher an die Wand heran und besah mir die Papiere. Es waren lange, handgeschriebene Listen, manche so lang, dass sie vom Boden bis zur Decke reichten.

»DIE BESTEN FILME«, zum Beispiel oder »DIE SCHLIMMSTEN MENSCHEN MIT MACHT«.

»Du staunst wie ein Kind«, stellte Aida fest. Sie trug keine Perücke, sondern nur einen Hut. Einen großen, breiten Sonnenhut, unter dem ihre großen, weißen Ohren hervorlugten.

Ich klappte den Mund zu.

»Nee, lass ruhig. Gibt genug Kinder, die sich wie Greise benehmen. Das Gegenteil ist mir lieber.«

Ich zeigte auf eine sehr lange Liste, auf der nur Gefühle aufgereiht standen:

Stolz
Wut
Lust
Sehnsucht

»Was ist das für eine Liste?«, fragte ich.

»Das sind die menschlichen Gefühle. Nach Wichtigkeit sortiert.«

»Stolz ist für dich das wichtigste Gefühl?«

»Weil es verhindert, dass du dich wie Dreck behandeln lässt«, sagte Aida.

Ich bückte mich nach unten, bis ich das Ende der Liste lesen konnte.

...
Angst
Scham
Neid
Romantik

»Warum steht Romantik ganz unten?«, fragte ich.

»Weil sie nicht zielführend ist. Romantik macht manipulierbar und unvernünftig.«

»... und glücklich«, sagte ich vorsichtig.

»Und glücklich«, bestätigte Aida. »Das ist das Schlimmste. Glückliche Leute sind der Tod jeder Revolution. Sie schaffen sich eine künstliche Welt, sie belügen sich. Bist du glücklich?«

Ich überlegte. Das Glücksgefühl von eben war verschwunden. Meine Schultern waren wieder schwer. »Ich ... ich weiß es nicht.«

»Hast du nach irgendwas, das du nicht hast, ein Verlangen?«, half Aida nach.

Diesmal musste ich nicht lange überlegen. Ich musste sie nur ansehen. »Ja«, sagte ich. »Hab ich.«

»Sehr gut. Dann bist du zumindest ein bisschen unglücklich. Wenn du was bewirken willst, sorg dafür, dass das so bleibt.«

»Was, wenn das Verlangen irgendwann erfüllt wird?«, wagte ich zu fragen.

Aidas darauf folgender Blick war ein langer und forschender. »Pass auf, Neo«, sagte sie schließlich. »Am Ende wirst du noch manipulierbar und unvernünftig.«

Ich schaute zu Boden.

»Entschuldigung«, sagte Aida. »Manchmal bin ich ein Biest.«

»Das ist okay«, sagte ich. »Ich weiß ja, dass ... du es nicht leicht hast.«

Aida schwieg.

Ich wollte ihr so viel sagen. Ich wollte ihr sagen, dass ich es wirklich nicht gut fand, dass sie dieses Ding im Kopf hatte. Dass ich es richtig scheiße vom Universum fand, dass ihr nur noch so wenig Zeit blieb. Wo sie doch so wichtig war. Für die Welt ... und für mich.

Sie sah mich lange und unergründlich an. »Komm her, Neo«, sagte sie schließlich.

Sie umarmte mich. Es war viel intensiver als auf der Brücke. Es war das vielleicht intensivste körperliche Erlebnis, das ich bisher gehabt hatte. Ihr Duft überall. Ihre nackten Arme um mich herum. Ihre Brüste an meiner Brust.

Die Umarmung war ganz anders als die meiner Mutter oder die von Tofu. Ich hatte das Gefühl, mich komplett darin aufzulösen.

Es fühlte sich gut an, sehr gut sogar, aber ein bisschen machte es mir auch Angst. Als ich aus den Augenwinkeln in der Ecke ein Keyboard entdeckte, machte ich mich los. »Ich habe dir einen Song geschrieben«, sagte ich ohne nachzudenken.

Während ich nach Hause ging, hörte ich über Kopfhörer die Oper Aida. Den dramatischen Teil in der Mitte, als Aida und der Feldherr Radamès allein fliehen wollen, um ihrem grausamen Schicksal zu entgehen:

Lass uns fliehn aus diesen Mauern,
In die Wüste lass uns fliehen,
Hier wohnt Unheil nur und Trauern,
Dort die Liebe, dort das Glück!

Auf einmal hätte ich mit der Energie in meinem Körper ein ganzes Orchester dirigieren können.

Bei jedem Schritt spürte ich den Schwung von der Fußsohle bis zum Scheitel, am liebsten hätte ich mit den Armen zur Musik gefuchtelt. Ich musste an meinen Vater denken und ein Zitat von Fred Astaire, das bei uns im Treppenhaus hing: »*Tanz ist ein Telegramm an den Mond mit der Bitte um Aufhebung der Schwerkraft*«.

Zum ersten Mal in meinem Leben wollte ich nicht nur spielen, sondern mich auch zur Musik bewegen. Ich nahm weder die hässlichen Betongebäude um mich herum wahr noch die Autos oder den Straßenlärm.

Nein, meine Gedanken waren weit wie das Meer.

Weit wie die Wüste.

Ich hatte gespielt und Aida hatte gesungen. Sie hatte gesungen mit ihrer vollen, freien, klaren Stimme, die so lebendig klang für den Moment ... und plötzlich hatte die Wüste geblüht.

Am nächsten Morgen war ich mehr als gerädert. Ich fühlte mich wie ein Geist, als hätte ich keinen Körper mehr. Ich hatte keine einzige Minute geschlafen, wirklich keine einzige.

Ich kroch aus der vom Schweiß durchnässten Decke. Mein Kreislauf war schwach, ich musste ganz langsam aufstehen, um nicht direkt aus den Latschen zu kippen.

Ich klatschte mir eine Ladung kaltes Wasser ins Gesicht, um wach zu werden. Stattdessen merkte ich nur, *wie* müde ich wirklich war. Seltsam, die ganze Nacht hatte ich mich überhaupt nicht müde gefühlt, das war ja das Problem gewesen. So viele rasende Gedanken, Fragen, Ängste, Erinnerungen ... es war das reinste Karussell gewesen. Die Müdigkeit kam erst jetzt.

Vielleicht hätte ich jetzt endlich einschlafen können, wenn ich es noch mal versuchte ...

Aber es ging nicht. Goldstein wartete auf mich.

Niemals würde ich freiwillig eine Stunde bei ihm sausen lassen.

Ich schleppte mich zur U-Bahn-Station.

Hier oben war es viel zu hell.

7

»Theo! Da bist du ja!« Es war Tofus Stimme, die über den Flur schallte. Mit flinken Schritten holte sie mich ein. »Was war denn los? Warum hast du dich nicht gemeldet?«

»Ich muss jetzt zu Goldstein«, sagte ich, ohne stehen zu bleiben.

»Was ist danach?«

»Keine Zeit.«

»Theo!«

Jetzt blieb ich doch stehen. Ich fühlte mich schrecklich. Warum musste ich Tofu ausgerechnet jetzt begegnen?

»Du siehst schrecklich aus«, durchschaute sie mich. »Noch viel schrecklicher als nach der Stunde bei Frau Leis.«

»Danke, jetzt fühl ich mich besser«, gab ich zurück.

»Und du redest schrecklich«, sagte Tofu. »Was ist passiert?«

»Einiges.«

»Dann erzähl davon!«

»Kann ich nicht.«

»Weil nur Konzertpianisten davon wissen dürfen?«

»Nein.« Ich lief wieder weiter. »Aber dir darf ich es nicht sagen.«

Sie folgte mir. »Theo, ich nehme dir nicht ab, dass du ein arroganter Arsch geworden bist. Hör auf damit und erzähl mir, was los ist.«

»Das würdest du nicht verstehen. Es ist ... zu ... kompliziert.«

»Du meinst, zu kompliziert, um es mir zu erklären.« Jetzt blieb sie stehen und ich drehte mich zu ihr um. »Ich will dir nicht auf den Wecker gehen, Theo. Ich dachte nur, wir könnten ... mal wieder richtig reden.«

Ich zuckte hilflos mit den Achseln.

»Meine Nummer hast du ja«, sagte sie. »Falls es dir noch schrecklicher geht. Oder du doch noch irgendwann ein Konzert mit mir spielen willst. Aber vielleicht bin ich inzwischen ja auch unter deinem Niveau.« Und damit drehte sie sich um und wieselte mit flinken Schritten davon.

7

»Theo Sandmann!«

Diesmal musste ich nicht auf Goldstein warten, er wartete schon im Raum.

Wie immer begann er den Unterricht mit denselben Worten: »Was haben Sie heute mitgebracht?«

»Die Stücke für den Wettbewerb«, antwortete ich und kramte in meinem Rucksack, »ich bin aber noch nicht so viel zum Üben gekommen, ich werde wieder mehr üben, es sind ja nur noch zwei Wochen bis zum Wettbewerb, es tut mir leid, ich wollte mehr üben, ich werde auch wieder mehr üben, es ging nur irgendwie nicht, es ist ... gerade alles sehr viel.«

Ich legte die Noten auf den Flügel.

»Sie haben die letzte Nacht nicht geschlafen, oder?«, fragte Goldstein geradeheraus.

Ich schüttelte den Kopf.

»Packen Sie Ihre Sachen ein. In diesem Zustand werde ich Sie nicht unterrichten.«

Ich erstarrte. »Es tut mir leid, nächstes Mal bin ich wieder besser vorbereitet!«

»Es geht nicht um die Vorbereitung. Sie sind nicht unvorbereitet. Sie üben viel, das merke ich doch.«

Ich schaute zu Boden.

»Sehen Sie bitte mal in den Spiegel«, sagte Goldstein und deutete zur Wand. »Sie haben Ihr Hemd verkehrt herum an. Sie sehen aus wie der wandelnde Tod. Denken Sie doch bitte auch an mich – ich bekomme ja Albträume, wenn ich Sie so sehe.« Er sah mich direkt an. »Ruhen Sie sich aus. Sorgen

Sie für sich. Das ist das Einzige, was ich Ihnen als Mentor gerade raten kann.«

Ich nickte. Das Wort *Mentor* tat gut. Es klang besser als Lehrer. Einem Mentor konnte ich vielleicht vertrauen. »Danke«, sagte ich. »Sie haben recht.«

Goldstein hielt mir die Tür auf. »Bis bald, Theo Sandmann.«

»Bis bald.«

Als Erstes lief ich auf die Toilette und zog das Hemd aus und richtig herum wieder an.

Goldstein hatte recht. Ich sah wirklich aus wie ein Halb-toter. Die Schatten unter meinen Augen waren noch krasser als die unter Raúls. Ich musste mich irgendwie wieder in Ordnung bringen. Ich brauchte meine Kraft so dringend!

Es war alles so viel. Aidas baldiger Tod. Der Klassik-Wett-bewerb. Werner Stenzel ... DIE ZUKUNFT!

Auf einmal zweifelte ich daran, dass es mir jemals gelin-gen würde, mit all dem fertig zu werden.

Vielleicht ab morgen.

Wenn ich ausgeschlafen war.

7

Ich saß bei ausgeschaltetem Licht in der Zelle und spielte blind.

Ich wusste, ich hätte nach Hause gehen sollen. Aber es ging nicht, Mentor hin oder her, es hatte mich mit unwiderstehlicher Kraft in den Keller gezogen.

Wie von selbst fanden meine Finger die Tasten. Mein alter Klavierlehrer hatte ganz richtig gelegen – sie waren tatsächlich viel klüger, als ich dachte, meine Hände.

Ich stellte mir vor, dass es meine Stücke waren, nicht die von Schubert, Chopin oder Beethoven. Dass ich sie in diesem Moment erfand. Wie durch Zufall ergaben sich dadurch die Tempowechsel, Rhythmen und Dynamiken. Alles machte auf einmal Sinn, jede Pause, jedes Auflösungszeichen.

Zauberei, dachte ich. *Es ist Zauberei!*

»Die Ergebnisse des letzten Diktats waren wieder einmal grottig«, verkündete Frau Leis. »Herrgott, Sie sind Musiker! Wann fangen Sie endlich an, richtig zu hören!«

»Wann fangen Sie selbst an, richtig zu hören?«, gab ich zurück.

Es wurde totenstill im Raum.

»Hören Sie überhaupt noch Musik, ohne dabei an Notationen und Harmonielehre zu denken? Wann genau haben Sie aufgehört, Musik zu genießen? Vor fünf Jahren? Vor zehn? Vor zwanzig? Und was, denken Sie, können wir dann von Ihnen lernen?!«

Jetzt gab es kein Zurück mehr. *Wenn schon, denn schon,* dachte ich, stand auf und kickte meinen Stuhl polternd in die Ecke. Kurz hielt ich inne.

Alle starrten mich erschüttert an, auch Frau Leis.

Ich horchte kurz, wie der Aufprall des Stuhls in dem Raum nachklang. »Das war ein D«, sagte ich und ging zur Tür. »Was das hier ist, können Sie selbst herausfinden.« Ich knallte die Tür hinter mir zu.

Als ich draußen war, war ich immer noch geladen. Noch ein weiteres Wort, ein weiterer Ton, und ich würde platzen.

»AHHHHHHH!«, brach es aus mir raus, als ich im Hinterhof stand. »AHHHHHHHHHHHHH!« – wie der Schrei eines Höhlenmenschen.

7

Zu Hause löffelte ich eine Dose kalte Ravioli. Der Herd funktionierte immer noch nicht. Aber bei der Hitze war kalte Tomatensoße gar nicht so schlecht.

Danach machte ich den Abwasch. Einige Teller der letzten Woche waren schon ganz krustig geworden. Als ich von dem Gestank niesen musste, erhob sich eine grüne Schimmelwolke und ich bekam eine Gänsehaut. Ich dachte daran, was meine Mutter wohl zu diesem Chaos sagen würde ... Wie hatte es bloß so weit kommen können? Am Anfang konnte ich kaum atmen vor Ekel, aber sobald der Stapel mit dem sauberen Geschirr größer wurde, merkte ich, wie ich mich wohler fühlte.

Als wäre ich aus der Höhle zurück in die Zivilisation getreten.

Anschließend wischte ich sogar die Regalbretter sauber und stapelte die Teller und Tassen ordentlich übereinander. Staubsaugen würde ich morgen.

Ich setzte mich aufs Bett. Ich war müde, aber ich fühlte mich irgendwie geordneter.

Ich schaute auf mein Handy. Eine Nachricht von Aida: *Ich finde, du brauchst eine neue Frisur für DIE ZUKUNFT.*

٢

»Herrgott, Sandmann! Sie sehen ja beinahe erwachsen aus!«

Ich saß im Hinterhof auf einem Stuhl, während meine Nachbarin Rosi über ihre Geranien hinweg begeistert aus dem Fenster zuschaute. Sie wirkte halb entsetzt und halb begeistert: »Sie sehen ja fast so aus wie mein Sohn!«

Aida stand vor mir und bearbeitete mein Haar mit einer Schere. Es war jetzt vorne viel kürzer und auch an den Seiten. Ich hatte jetzt fast so etwas wie einen Scheitel.

»Sieht das nicht etwas ... militärisch aus?«, fragte ich unsicher.

Aida lachte laut auf. »Du könntest nicht militärisch aussehen, selbst wenn du eine Uniform anhättest. Zieh dein Hemd aus, Träumerchen. Ich rasiere dir jetzt noch die Haare im Nacken.«

Ein Kribbeln breitete sich über meinen Rücken aus, nicht nur wegen der Haare. Hoffentlich roch sie nicht meinen Schweiß.

Ich schlüpfte aus meinem Hemd und Rosi verzog sich hastig und kichernd vom Fenster.

»Rosi hatte recht«, sagte Aida einiges Rasierer-Brummen später. »Du siehst prächtig aus. Viel älter als vorher.«

»Danke«, sagte ich. Mein Kopf fühlte sich seltsam kahl an. Irgendwie härter. Aber auch verletzlicher.

Zum Abschied zupfte Aida mich am Ohr. »Weißt du, wie du aussiehst? Wie Neo.«

Ich wurde rot vor Stolz.

Als ich später allein in meine Wohnung trat, gab ich acht, dass ich nicht über Panzer stolperte. Doch er war nirgendwo zu sehen.

Die frische Ladung Salat, die ich ihm hingestellt hatte, lag unberührt da. Von der Hitze waren die Blätter inzwischen welk. Wann brachte meine Mutter endlich die Vorhänge?

Ich schaute mich um, um nach Panzer zu suchen, und geriet in Panik, als ich ihn nicht gleich fand.

Das Letzte, was ich jetzt gebrauchen konnte, war eine Schildkrötenjagd durch die Nachbarschaft!

Endlich entdeckte ich ihn in einer Zimmerecke. Seinen Kopf hatte er wieder auf die Vorderfüße gelegt. Seine Augen waren geschlossen.

Ich stupste ihn an. »Panzer?«

Seine Augen blieben geschlossen.

Sein Kopf sah aus wie ein Stein, ein lächelnder Stein.

»Panzer?!«

Ich nahm ihn hoch, tippte ihn an, drehte ihn hin und her, am Ende schüttelte ich ihn sogar ein bisschen. Schildkröten können unheimlich reglos verharren, wenn sie schlafen.

Aber Panzer schlief nicht.

Panzer war tot.

Ich hatte keine Minute geschlafen und war überrascht, wie wach ich trotzdem beim Üben war.

Als würde jeder Ton, den ich spielte, mich mit neuer Energie versorgen.

Als würde jeder Ton im Dunkeln leuchten.

Ich schrieb ein Requiem für Panzer.

Es ging ganz leicht.

ך

Als ich wieder oben stand, war ich wie benommen.

»Hey, Sandmännchen, stehst du unter Drogen oder was?«
Das war Derek, der mir mit Michelle auf der Treppe begegnete.

»Ich heiße nicht Sandmännchen.«

»Sorry, Theo ...«

»Ich heiße Neo.«

»Hast wohl zu viel Matrix geguckt.« Derek lief genervt
an mir vorbei und ich hörte noch, wie Michelle ihn fragte:
»Was ist Matrix?«, bevor sie oben durch die nächste Tür verschwanden.

»Wie war dein Vorspiel bei Stenzel?«, rief ich Michelle
noch nach, aber sie hörte mich nicht mehr.

Oder wollte mich nicht hören.

»NEO«, wiederholte ich laut, nur für mich. »NEONEONEO-
NEONEO.«

Und fragte mich nur ganz kurz, ob ich gerade dabei war,
den Verstand zu verlieren.

Unschlüssig stand ich in der Eingangshalle. Irgendwie hatte ich in letzter Zeit nie das Tempo der anderen, fiel mir auf. Wenn alle gemächlich liefen, musste ich rennen. Wenn alle um mich herum liefen, musste ich stehen bleiben.

Ein Stücktitel von Brahms kam mir in den Sinn. *Frei, aber einsam.*

Ich bekam einen halben Herzinfarkt vor Glück, als ich sah, dass Aida mir geschrieben hatte: Gut geschlafen mit den neuen Haaren?

Ich überlegte, was ich antworten sollte. *Meine Schildkröte ist gestern gestorben,* schrieb ich ihr schließlich. Sie war die Erste, der ich davon erzählte.

Diesmal antwortete sie fast sofort: *Wann ist die Beerdigung?*

ۇ

Nie zuvor habe ich DIE ZUKUNFT so glamourös gesehen.

Aida hat sich die Augen dunkel geschminkt und einen riesigen, schwarzen Sonnenhut auf dem nackten Kopf. »Nice Frise!«, ruft Raúl aus. Er selbst hat sich schwarze Lederstiefel und ein schwarzes Hemd angezogen, sodass er aussieht wie ein Rocksänger auf einem Date. Phyllis trägt ein kurzes, schwarzes Kleid, läuft barfuß und hat eine dicke Schaufel dabei. Und Valentin schlägt natürlich mal wieder alle Rekorde mit seinem samtigen Jackett über der nackten Brust und der silbern glänzenden Fliege um den Hals. »Mein herzliches Beileid«, sagt er und überreicht mir mit feierlicher Trauermine einen frischen Salatkopf. »Statt Blumen.«

Ich bin gerührt. Nicht mal zwei Stunden sind vergangen, seit ich mit Aida geschrieben habe, und sie sind alle gekommen.

»Also wo verbuddeln wir jetzt die Schildkröte?«, fragt Phyllis ungeduldig.

»Ich weiß nicht genau«, sage ich. »Am liebsten ... im Wald.«

»Dann los!«, ruft Aida. »Bevor die Sonne untergeht.«

7

Ich hätte nicht gedacht, dass es mitten in der Stadt so still sein kann. So ähnlich stelle ich mir den Central Park in New York vor. Irgendwer hat mir mal erzählt, dass die Hecken dort wie eine Schallmauer funktionieren, die allen Straßenlärm abblocken. Wie eine eigene Welt, ein geheimer Garten.

Der Wind raschelt in den Zweigen. Mücken summen. Ich lege den Pappkarton in die Grube.

Es ist so still in mir wie seit Langem nicht mehr. Ein Satz fällt mir ein: *Auch die Stille ist Musik.* Ich weiß nicht mehr, wo ich ihn aufgeschnappt habe, aber er stimmt.

Irgendwann reicht Valentin den Salat herum und jeder wirft ein grünes Blatt in das Erdloch.

»Kannst du vom Blatt singen?«, frage ich Aida. »Ich hab ein Lied geschrieben.«

Aida nickt überrascht. »Was für ein Lied?«

Ich gebe ihr den Zettel, auf den ich das Lied notiert habe. »Es ist ein Requiem. Würdest du es für ihn vortragen?«

»Willst du das nicht lieber selbst machen?«

»Ich kann nicht singen. Bitte sing du.«

Und Aida singt.

Sie singt ganz anders als damals im Konzertsaal. Ihre Stimme damals ist mir durch den ganzen Körper gefahren. Ihre Stimme jetzt streichelt meine Seele.

Ich spüre eine Kraft, wie ich sie noch nie zuvor gespürt hatte. Jaaa, sagt etwas ganz tief in mir drin, jaaa, es lohnt sich, am Leben zu sein!

Trotz allem!

Es kommt mir vor, als würde ich das Lied in diesem Moment zum ersten Mal hören. Panzer ist tot, aber etwas Neues ist geboren. Etwas, was ich vorher noch nicht kannte ... und die anderen sicher auch nicht.

Als das Lied zu Ende ist, stehen wir jeder ganz still im Kreis im Schatten der Bäume um das Grab, in dem der Pappkarton liegt.

Ich weiß nicht mehr, wer als Erster nach der Hand des anderen gegriffen hat. Aida greift nach meiner Hand und Valentin tut es ihr nach und nimmt meine andere Hand. Kurz darauf halten wir uns alle an den Händen. Wir sind wie Kinder und gleichzeitig uralt.

Immer noch rascheln die Zweige.

Irgendwo klopft ein Specht.

Ansonsten ist es ruhig.

Ich muss an die Beerdigung meines Vaters denken. Diese hier ist so viel schöner. Wenn man das so sagen kann. Mein Kopf ist traurig, dass Panzer gestorben ist, aber in meiner Hand spüre ich Aidas Hand und Valentins und irgendwie auch die aller anderen, und das macht mich so glücklich, dass ich mir nicht sicher bin, ob die Tränen, die mir in die Augen treten, wirklich Panzers Tod geschuldet sind. Oder nicht eher einer großen, großen Dankbarkeit.

»Meeegageiler Song«, platzt es plötzlich aus Phyllis heraus und die Magie verschwindet. »Hast du das geschrieben, Neo?«

Ich nicke.

»Krass.«

»Apropos Beerdigung – ich habe bald Geburtstag!«, sagt Aida zum Abschied. »Hiermit lade ich euch zu meiner Noch-nicht-Tod-Party ein.«

»Oh ... wann?«

»Sonntagabend im alten Bürogebäude bei der *Sünderstaffel*. Neo weiß, wo das liegt.«

»Das ist ja schon übermorgen!«, ruft Valentin.

»Ja.«

»Und wie alt wirst du?«, fragt Raúl.

»Neunzig. Ich fühl mich wie neunzig. Und da ich bald sterbe ... stimmt das ja auch eher.«

Ich schlucke. »Und was wünschst du dir? So ein neunzigster Geburtstag ist ja ein ziemlich feierlicher Anlass.«

Aida überlegt. »Was möglichst Wertvolles«, sagt sie schließlich, »was, ist mir ganz egal. Hauptsache«, sie senkte die Stimme, »ihr habt es geklaut.«

Aida schafft es einfach immer wieder, uns aus der Fassung zu bringen.

Vielleicht lieben wir sie deshalb so sehr.

Dadurch, dass sie, unsere Anführerin, den Tod so wenig fürchtet, gibt sie uns ein Gefühl von Unbesiegbarkeit. Wer, wenn nicht DIE ZUKUNFT, soll dem Tod ein Schnippchen schlagen?

٧

»Du hast dir die Haare schneiden lassen«, stellte meine Mutter fest. Es war Wochenende und sie war zu mir gefahren, um die Vorhänge aufzuhängen. Jetzt saßen wir gemeinsam auf dem leicht verschimmelten Sofa und tranken Tee mit Eiswürfeln. Das Deckenlicht brannte. Die neuen Vorhänge waren komplett zugezogen.

»Stimmt«, sagte ich leichthin. »Sind ein bisschen kürzer.«

»Dein Profil ist jetzt markanter«, sagte sie. »Das muss nicht schlecht sein. Wo ist Panzer?« Sie hatte schon immer ein todsicheres Gespür für schmerzhafte Fakten.

»Tot«, antwortete ich.

»Panzer ist gestorben?! Das hast du gar nicht erzählt.«

»Sorry. Ich wollte es dir noch sagen.«

»Wo liegt er jetzt?«

»Unter der Erde.«

Überrascht bemerkte ich, dass sie Tränen in den Augen hatte. Ich wusste nicht, dass ihr die Schildkröte so wichtig gewesen war wie mir. Sie hatte sich immer über die Kratzer von ihm auf der Terrasse beschwert. Vielleicht hing es damit zusammen, dass Panzer vorher meinem Vater gehört hatte.

Meine Mutter strich mir mit ihren sanften Fingern durchs kurze Haar. »Das muss hart sein, Theo. Es tut mir sehr leid für dich.« Sie nahm meine Hände in ihre und sah mir fest in die Augen. »Konzentrier dich auf den Wettbewerb. Bist du schon weiter mit den Stücken?«

»Ich muss sie noch verstehen.«

Sie lächelte. »Diese Genauigkeit, die hast du von deinem Papa. Er war der größte Künstler, den ich kenne.«

241

»Ich weiß.«

»Du kannst genauso werden.«

»Vielleicht.«

»Ganz bestimmt.«

7

Kurz vor der Abfahrt half sie mir, meine Wäsche ordentlich in den Schrank zu legen. Ich kenne niemanden, der in einem schnelleren Tempo Klamotten zusammenfalten kann.

Als sie das gelbe Hemd in den Händen hielt, zog sie die Nase kraus.. »Rauchst du jetzt?«

»Nein.«

»Kiffst du?«

»Mama!«

»Du hast gekifft.« Man konnte ihr einfach nichts vormachen. Sie kriegte die Wahrheit immer heraus. Wenn sie nicht so gut hätte tanzen können, wäre aus ihr sicher eine hervorragende Richterin geworden.

»Nur ein Mal...«, murmelte ich leise.

»Also hast du gekifft.«

Ich gab auf: »Ja, hab ich.«

»Gott ...« Sie hielt sich die Hand vor die Augen. Dann fasste sie sich wieder. »Theo. Hab ich dir nicht immer gesagt ...«

»Keine Drogen, ich weiß.«

»Und trotzdem hast du ...«

Ich wurde sauer. »Es war doch nur *ein Mal!*«

Sie sagte nichts. So endeten unsere Streite meistens. Meine Mutter schwieg, ich bekam ein schlechtes Gewissen und am Ende nahmen wir uns gegenseitig in den Arm.

Doch diesmal nicht. Diesmal fügte sie plötzlich ganz leise hinzu: »So hat es bei ihm auch angefangen.«

Ich schaute sie an. Sie sah älter aus als sonst in dem kalten Deckenlicht. »Was meinst du damit?«

»Dein Papa war ein großer Künstler. Ein wirklich großer.«

»Mama, das weiß ich ...«

»Aber er hatte ein Problem.«

»Welches Problem? Warum hast du mir das nie erzählt?«

Sie schaute auf das Muster des Teppichbodens. »Ich wollte, dass du dich an ihn als Künstler erinnerst.«

Ein ekelhafter Kloß stieg mir vom Magen bis hoch in den Hals. »Das tue ich«, sagte ich so ruhig wie möglich. »Was für ein Problem?«

»Er hat gekifft.«

Ich war erleichtert. Ich hatte viel Schlimmeres erwartet. Raúl und die andern kifften ja auch.

»Und getrunken. Sehr viel gekifft und getrunken.«

»Wie viel?«

»Am Ende jeden Tag.«

»Am Ende?!«

Und dann erzählte meine Mutter mir die wahre Geschichte meines Vaters. Die Geschichte musste wahr sein, so hässlich, wie sie war.

»Er war betrunken, als der Unfall passiert ist«, sagte sie, den Blick starr auf den Fenstergriff gegenüber gerichtet, als habe sie eine Pirouette vor und müsse den Punkt vorher ganz genau fixieren. »Er stand schon während der Aufführung unter Drogen. Die Zuschauer haben es nicht bemerkt. Wie gesagt, er war ein unglaublicher Künstler, dein Papa. Aber ich habe es natürlich mitgekriegt und bei der Premierenparty danach haben wir uns gestritten. Sehr, sehr heftig. Er ist ins Auto gestiegen. Und auf dem Heimweg ... ist er von der Straße abgekommen.«

Meine Stimme war kaum mehr als ein Hauch. »Du hast immer gesagt, es sei ein Auffahrunfall gewesen.«

»Nein. Er ist gegen einen Brückenpfeiler gefahren.«

So viel Grauen in diesem einen Satz.

Ich schwieg. Ich hatte keine Worte für sie. Es war, als hätte sich zwischen uns beiden ein Krater aufgetan. Mir war übel. »Du hast mich die ganze Zeit belogen«, sagte ich.

»Es hätte dir nichts gebracht, die Wahrheit zu erfahren.«

»Und deshalb hast du lieber gelogen?« Meine Stimme klang schrill. Ich verstand nicht, wie sie mir das alles sagen und dabei immer noch so ruhig bleiben konnte. So kontrolliert. Als bereue sie nichts.

»Ich wollte nur, dass du deinen Weg machst.«

»Indem du mich anlügst?!« Jetzt kreischte ich fast. Es klang schrecklich. Es war auch schrecklich. Es hätte nicht passieren dürfen. Durfte. Nicht. Passiert sein.

»Dein Papa *war* ein großer Künstler. Er war kein Junkie.«

»Doch, war er! Du lügst ja immer noch. Du lügst die ganze Zeit!«

»Theo ...«

»Papa war süchtig und du hast nichts dagegen gemacht!«

»Theo, jetzt wirst du ungerecht.«

»Du hast ihm immer nur gesagt, dass er ein großer Künstler ist!«

»Am letzten Abend nicht.«

»Toll! Woraufhin er gegen einen Brückenpfeiler gebrettert ist!« Tränen liefen mir aus den Augen, ich konnte nichts dagegen tun.

Sofort bemerkte sie es auch, und ich sah an dem Zucken ihrer Hände, dass sie mich trösten wollte.

»Bitte lass mich allein«, sagte ich, ohne mir über die Wange zu wischen. »Ich möchte jetzt allein sein.«

»Bist du sicher?«

»Ja.«

Sie wartete kurz, ob ich meine Meinung änderte. Etwas in mir wollte nachgeben. Etwas wollte getröstet werden. Aber ich blieb hart.

»In Ordnung«, sagte meine Mutter schließlich. »Ich lass dich allein.« Sie stand auf. »Es tut mir leid, Theo. Das musst du mir glauben.«

»Ich glaub es dir. Bitte geh jetzt.«

»Ich wünschte, es wäre anders gekommen.«

Ich sah auf die Kästchen des Teppichbodens. »Ich auch.«

Sie machte einen schnellen Schritt zu mir, nahm meine Hand und drückte sie. Automatisch erwiderte ich den Druck.

Dann ging sie. Wie immer mit kaum hörbaren Schritten.

❦

Auf die Idee, Stenzels Uhr zu klauen, kam ich durch Zufall.

Ich musste zum Verwaltungstrakt, weil ich in dem Chaos der letzten Tage meinen Ausweis verloren haben musste. Den brauchte ich dringend. Ich musste doch üben.

Das Sekretariat war geöffnet, aber niemand saß darin. »Die Öffnungszeiten sind seit fünf Minuten vorbei, komm nächste Woche wieder«, sagte eine Frau mit einer Kaffeetasse im Vorübergehen. »Wir sind hier gerade sehr im Stress, weißt du, wir *arbeiten* hier.«

Und da sah ich zufällig nebenan Stenzels Aktentasche im leeren Büro des Rektors liegen. Obendrauf seine goldene Uhr.

Ich wusste nicht, was ich tat, dachte nicht nach. Ich horchte bloß. Kein Geräusch. Offenbar war der Rektor gerade unterwegs.

Nur der Bildschirmschoner regte sich im Büro, als ich zwei Schritte hineinlief und die Uhr nahm.

Sie musste lange in der Sonne gelegen haben, denn sie fühlte sich ganz heiß an in meiner Faust. Zu meiner Überraschung spürte ich dazu eine Wut in mir, eine tiefe, tiefe Wut. Wir würden es den Alten schon noch zeigen. Sie konnten uns nicht wie unreife Idioten behandeln. Nicht, solange sie sich selbst wie unreife Idioten verhielten.

Ich stapfte zum Aufzug, so schnell wie möglich. In meinen Ohren rauschte es.

Erst als sich die Türen geschlossen hatten und der Fahrstuhl sich quietschend in Bewegung setzte, öffnete ich die Finger.

Als Kind hatte ich eine riesige Faszination für Uhren gehabt. Am liebsten mochte ich die laute Küchenuhr. Manchmal hatte ich mich stundenlang davorgesetzt und dem Ticken zugehört. Vielleicht brauchte ich deshalb später nie ein Metronom.

Stenzels goldene Armbanduhr wog schwer in meiner Hand. Eine Weile lauschte ich dem leisen, teuren Ticken.

Dann drehte ich sie um.

Für den
liebsten Opa
der Welt

stand auf der Rückseite eingraviert.

ʔ

Als ich nach Hause kam, war ich todmüde. »Das war ein krasser Tag, Panzer«, sagte ich, als ich reinstapfte. »Unfassbar krass.«

Da fiel mir auf einmal ein, dass es keinen Panzer mehr gab, und ohne dass ich es verhindern konnte, begann ich zu weinen. Laut.

Anschließend wusch ich mir den Rotz aus dem Gesicht, putzte mir die Zähne und legte mich ins Bett. Ich benutzte ein Laken als Decke, kein Federbett, so heiß war es.

Die Uhr platzierte ich neben mir auf dem Nachttisch. Sie war nichts, nur ein erster Schritt, aber sie gab mir das Gefühl eines kleinen Sieges.

י

Ich glaube, eine fröhlichere Veranstaltung mit dem Wort »Tod« im Namen gab es noch nie. Sie fand in dem leeren Bürogebäude statt, das Aida mir gezeigt hatte. Von außen sah es ganz gewöhnlich aus, aber innen drin standen lauter grüne Flaschen mit hineingequetschten langen Kerzen.

Über der Eingangstür hing eine selbstgebastelte bunte Girlande mit Aidas Namen, links und rechts, eingerahmt von bunten *Zs*.

Es sah ungefähr so aus:

–Z–Z–Z–Z–Z–Z–Z–A–I–D–A–Z–Z–Z–Z–Z–Z–Z–

»Die hab ich ausgeschnitten!«, verkündete eine samtige Stimme hinter mir. Es war Valentin, mit stolzgeschwellter Brust im hautengen, tiefausgeschnittenen roten T-Shirt. Aida hatte uns den Auftrag gegeben, bunte Sachen zu tragen. Sachen, die das Leben von seiner leuchtendsten Seite zeigten, hatte sie gesagt. Bei Valentin lugten außerdem noch ein paar Haare daraus hervor und wieder einmal kam mir der Gedanke, wie verdammt ungerecht die Männlichkeit unter den Männern verteilt worden war.

»Toll, da war sie sicher beeindruckt«, sagte ich.

»Du magst sie wirklich sehr, oder?«, fragte Valentin.

»Die Girlande ist toll, hab ich doch gesagt.«

»Ich meine Aida.«

Ich zuckte mit den Schultern. »Schon, ja.«

Zum Glück kam genau in dem Moment Raúl und drückte mir ein Bier in die Hand. »Coole Haare, Mann!«

»Danke.«

»Happy Revolution!« Wir stießen an.

»Aida hat angeordnet, dass heute nur über ZUKUNFTs-trächtiges geredet werden darf«, sagte Raúl. Er schien bereits mehrere Bier intus zu haben, denn er schwappte mit seinem Glas weit übers Ziel hinaus. »Ey, Valentin« fragte er in verschwörerischem Tonfall, »was ich dich schon immer fragen wollte: Hast du eigentlich mit mehr französischen oder mehr deutschen Frauen geschlafen?«

Valentin lachte. »Natürlich mit französischen!«

»Ist es anders, mit französischen Frauen zu schlafen, als mit deutschen?« Das Thema schien ihn wirklich zu interessieren.

Valentin überlegte gar nicht erst. »Definitiv!«

»Was genau ist anders?«

»Es ist eben anders.«

»Wie anders?«

»Jede Kultur hat ihre eigene Beziehung zu Sex.«

»Ist es besser?«, wollte Raúl wissen.

»Ich finds einfacher mit Französinnen. Und einfacher ist fast immer besser. Wir denken weniger, vielleicht ist das der Unterschied. Ihr Deutschen müsst doch immer für alles Begriffe finden. Wir machen einfach.«

Raúl stöhnte. »Du sprichst mir aus der Seele, Mann. Vielleicht sollte ich mal nach Paris ... in die Jazzclubs. Das wird super.«

»Probier's aus!«, sagte Valentin. »Ohne Ausprobieren weiß man nichts. Nur Begriffe.«

Er stupste mich spielerisch in die Seite. »Tanzt du eine Runde mit mir, Neo?«

Mir wurde unbehaglich. »Ich kann nicht tanzen ...«

»Doch, kannst du«, widersprach er bestimmt. »Tust du mit den Händen doch auch.«

Und schon hatte er mich auf die staubige Tanzfläche gezogen.

Mit Valentin zu tanzen, war so, wie mit einem Engel zu tanzen.

Irgendwie unwirklich. Fast fliegend. Und unfassbar leicht. Nicht ein einziges Mal geriet ich ins Stolpern oder rempelten wir andere Tanzende an.

Ich fühlte mich sicher.

Und weil ich mich sicher fühlte – konnte ich auf einmal tanzen.

Frei fühlte ich mich. Auf einmal war ich weder Theo noch Neo. Ich war einfach ... ein Körper, der mit einem anderen Körper tanzte. Mir wurde heiß und meine Beine immer leichter. Es war ein bisschen wie in Aidas Umarmung. Ich dachte nicht mehr. Ich fühlte nur noch. Und diesmal hatte ich weniger Angst, mich aufzulösen.

Ein Telegramm an den Mond mit der Bitte um Aufhebung der Schwerkraft ... ja, Valentin schaffte es tatsächlich beinahe, den Mond davon zu überzeugen. »Hast du schon mal einen Mann geküsst?«, flüsterte er plötzlich.

Ich erstarrte in seinem Griff. »Ich habe ... noch nie jemanden geküsst. Jedenfalls nicht auf den Mund.«

»Na, dann wird's ja höchste Zeit.«

Aus den Augenwinkeln sah ich, wie Aida in den Raum kam. Sie hatte kirschrotes Haar.

»Wenn du noch nie jemanden auf den Mund geküsst hast ... dann hattest du auch noch nie Sex, oder?«, raunte er.

Ich wurde rot und Valentin lachte. »Willst du mal?«

»Was?«

»Sex haben.«

Ich war es nicht gewohnt, dass die Dinge so beim Namen genannt wurden. Meine Mutter fand für alles immer schöne Umschreibungen.

»Meinst du etwa ... mit Aida?«, hauchte ich.

Er zuckte die Achseln. »Probieren kann man alles. Und sie mag dich, Neo. Sie mag dich sehr. Genau wie das Leben. Wenn du mich fragst, solltet ihr es genießen. Heute.«

Bestimmt leuchteten meine Wangen so rot wie Aidas Haar. »Aber ... ich weiß doch gar nicht, wie ...«

»Na, dann frag mich doch einfach. Ich wollte eh gerade eine rauchen.«

»Das Entscheidende«, sagte Valentin und zog an seiner Zigarette, »ist nicht, was du tust, sondern, *dass* du es tust. Du musst dich klar entscheiden. Nichts ist für Frauen unangenehmer als *Getatsche*.« Er aschte mit der Zigarette gegen die Hauswand. »Niemals *tätscheln*, mon chérie, merk dir das. Du tätschelst ja auch nicht deine Klaviertasten. Sondern du spielst mit Entschlossenheit. Du weißt genau, was du tust. Das macht dich zum Künstler.«

Mir wäre es lieber gewesen, er würde etwas leiser reden. Ich wusste gar nicht, wo ich hinschauen sollte vor Verlegenheit. Gleichzeitig wollte ich unbedingt, dass er weitererzählte.

»Trotzdem musst du natürlich die Frau genau lesen. Du musst spüren und sehen, wie sie reagiert. Ob sie sich dir entzieht ... oder nicht. Wir Tänzer haben es da deutlich leichter«, sagte Valentin, der seine Expertise sichtlich genoss. »Unser Körper ist unser Instrument. Wir kennen uns mit Körpersprache aus und wissen, wie man den anderen liest. Das hilft. Andererseits ...«, er schnippte den glimmenden Stummel in die Dunkelheit, »... hast du einen ganz eigenen Joker: Deine *naivité*!«

Er strich mir eine Strähne aus dem Gesicht und sah mir treuherzig in die Augen. »Du weißt gar nicht, was für eine Zuckerschnitte du bist, Kleiner. Das macht dich unwiderstehlich. Und du kannst zuhören. Das können die Wenigsten.« Er gab mir einen Klaps auf die Wange. »Ich hab so das Gefühl ... diese Nacht wird noch einige Überraschungen für dich bereithalten.«

In diesem Moment hörte ich Aidas Stimme von drinnen.
»Neo! Magst du mit auf den Balkon kommen?«

Valentin zwinkerte mir zu. »Na siehste. Bonne chance!«
Galant hielt er mir die nicht vorhandene Tür auf.

Wir stehen zu zweit auf dem Balkon, Aida und ich. Unter uns das duftende, raschelnde, zirpende Grün.

Ich überreiche Aida die Uhr und genieße ihr Erstaunen. »Ist die von ...?«, haucht sie.

»Ja, die ist von Stenzel.«

»Wow, Neo ...«

»Aida, ich liebe dich«, sage ich. Es ploppt einfach aus mir heraus. Die Worte klingen viel leichter, als ich sie mir vorgestellt habe. Sie schweben in der Luft wie Seifenblasen.

Aida schweigt. »Ich weiß«, sagt sie schließlich. »Und ich danke dir. Wirklich. Tausend Dank, Neo. Das ehrt mich sehr.« Sie nimmt meine Hand in ihre, streckt meinen Arm aus und zeichnet damit ein unsichtbares Feuerwerk in den Himmel. »Neo, ich möchte, dass du deine Liebe in den Himmel speist wie ein Drache seine Flammen. Nimm die Energie, die ich dir gebe – und lass sie leuchten für die Welt.« Ihr Blick kehrt zurück zu mir. »Dafür sind wir Künstler doch da. Flammenwerfer sind wir. Wir zünden die Herzen am Wegrand an. Das geht nur, wenn wir selber glühen.«

»Liebst du mich denn auch?«, stelle ich endlich die Frage, die ich mir schon so lange stelle.

Aida nimmt meinen Kopf in beide Hände. Mein Atem stockt,

alles stockt,

die Zeit,

die ganze Welt

bleibt stehen.

»Ja, das tue ich wohl«, sagt sie langsam, wie ich es mir so

oft erträumt habe, mit ihren funkelnden, grünen Augen hinein in mein Gesicht. »Ich liebe dich, Neo.«

Es ist so unwirklich. Und doch klingt es wahr. Tränen treten mir in die Augen. Zum ersten Mal traue ich mich, Aida wirklich offen ins Gesicht zu sehen. Nichts von meinen Gefühlen zu verbergen. Ich will sie. Will sie ganz.

»Und genau deshalb wirst du nie einen Kuss von mir woanders hin erhalten als auf die Stirn«, fährt sie fort. Sie packt mich fest bei den Schultern. »Lass uns nicht die gleichen Fehler machen wie unsere Eltern, Neo. Wir dürfen uns nicht abfinden und gemütlich mit unserer Kleinfamilie im Wohnzimmer einrichten, wir müssen hungrig bleiben. Wir müssen endlich verändern, was verändert werden muss. Damit es eine ZUKUNFT gibt. Die Revolution braucht uns komplett, mit unserem ganzen Sehnen und unserer ganzen Lust.«

Sie ist mir so nah, während sie spricht. Ich inhaliere ihren Duft, der noch immer nach Sommerbrise riecht, ich meine sogar den Puls an ihren Handgelenken spüren zu können und das Aroma des Lippenstifts. Erdbeere, natürlich. Wie kann jemand, der bald sterben wird, so lebendig sein?

»Aber ... ich will dich ganz«, flüstere ich.

»Niemand kann mich ganz haben«, sie lässt meine Schultern los und wendet sich ab. Plötzlich klingt sie erschöpft. »Ich bin nur eine Dienerin der ZUKUNFT. Ich hab einen Tumor ... vergiss das nicht.«

In diesem Moment könnte ich sie verprügeln. Nicht Aida, sondern die Welt. *So grausam,* denke ich, *diese Welt ist so fucking grausam. Warum ändert denn niemand was? Warum bleibt alles an uns hängen?*

Aida küsst mich auf die Stirn. »Das heißt natürlich nicht, dass du nicht mit anderen schlafen darfst«, sie zwinkert mir zu, plötzlich wieder mit ihrer leichten Sommerstimme.

»Das ist ein freies Land. Du bist noch sehr jung, Neo. Du wirst noch sehr viel älter werden als ich. Du wirst noch mit vielen Frauen schlafen.«

Schluchzend hänge ich in ihren Armen.

Ausgerechnet in diesem Moment rief meine Mutter auf dem Handy an.

»Nein, Mama, ich bin nicht wütend«, versicherte ich ihr. »Ich bin nur ... etwas erschöpft.«

»Nimmst du wieder Drogen? Du klingst so komisch.«

»Nein.«

»Du musst dich jetzt unbedingt auf den Wettbewerb konzentrieren, Theo. Das hat jetzt unbedingte Priorität!«

Ich legte einfach auf.

Phyllis lief mir aus der Küche entgegen und empfing mich mit einem so freundlichen Lächeln, dass ich sie kaum erkannt hätte.

»Neo! Mit dir hab ich noch nie getanzt. Lässt du dich gleich überreden oder muss ich dich vorher abfüllen?«

»Füll mich ab«, antwortete ich.

۷

Mit Phyllis zu tanzen, war anders als mit Valentin. Sie war nicht so umsichtig. Ich musste selbst auf mich aufpassen. Einmal knallte ich mit der Schulter hart gegen ein Regalbrett und sie lachte mich nur aus.

Dagegen wurden unsere Berührungen immer weicher. Fast zärtlich. Phyllis hatte eine unheimlich weiche Haut an Händen und Armen und sicher auch sonst überall. Ihre Augen leuchteten in dem bunten Licht. Sie atmete durch den Mund, während wir uns bewegten. Auf einmal war ihre Hüfte viel näher an meiner. Sie fuhr mir mit der Hand über den Rücken und ich bekam eine Gänsehaut, wie ich sie sonst nur von Musik bekam.

»Wie betrunken bist du?«, fragte sie mich.

»Was?«, fragte ich.

»Ich möchte nur abschätzen, wie ernst das hier mit uns beiden heute Abend noch wird.«

»Ich bin ziemlich betrunken«, sagte ich wahrheitsgemäß.

»Shit«, sagte sie. »Ich sollte eigentlich nicht mit dir schlafen. Willst du trotzdem?«

Ich nickte. Ich wollte.

Unter anderen Umständen wäre ich wohl voller Angst gewesen, etwas falsch zu machen. Aber Phyllis strahlte eine solche Sicherheit aus, die sich auf mich übertrug.

Wir waren ganz oben im einzigen Zimmer mit Tür. Phyllis und ich waren Hand in Hand die Treppe hinauf verschwunden. Im Geiste ging ich Valentins Anweisungen durch. Bloß kein *Getatsche*. Aber was war überhaupt *Getatsche*?

»Komm ruhig näher«, sagte sie. »Ich beiße nur in Notwehr.«

»Beruhigend.« Ich kam näher.

Nie war mir aufgefallen, wie blau ihre Augen waren. Ein ganz neuer Ausdruck lag jetzt darin. Wie lächelnder Hunger. Ich nahm an, dass das wohl Begehren war.

Sie sah umwerfend aus.

Es brauchte nicht viel Überwindung, sie zu küssen. Es lag nahe.

Ich versuchte, nicht auf die Geräusche zu achten, die dabei entstanden. Nur zu fühlen. So harsch ihre Worte manchmal sein mochten, Phyllis' Mund war ganz warm und sanft.

Sie griff mir unter das T-Shirt. Ihre Hände waren klein und voller Kraft. Ich mochte das Gefühl, wie sie über meinen Rücken wanderten, bis hoch zu den Schultern und wieder zurück. Ich mochte es sehr.

»Bring mich ins Bett, Sandmännchen«, flüsterte sie und ich musste lachen, ich konnte mich nicht zusammenreißen.

Diese ganze Situation kam mir so seltsam vor!

Phyllis riss mir das T-Shirt über den Kopf, sodass der Ausschnitt schmerzhaft an meiner Nase hängen blieb, und ich hörte auf zu lachen.

Wir küssten uns. Es war mein erster Kuss von Mund zu Mund.

Zunge zu Zunge. Zahn zu Zahn.

Ich erinnerte mich an das Gefühl, als ich Aida zum ersten Mal singen hörte.

Ich erinnerte mich an das Gefühl, als ich mit Valentin getanzt hatte.

Mit bebenden Fingern zog ich Phyllis das T-Shirt aus. Sie trug keinen BH.

Erst versuchte ich noch, nicht hinzuschauen, aber dann fiel mir ein, dass es ja genau darum ging.

Sie war viel durchtrainierter als ich. Und so schön. Wie weich ihre kleinen Brüste aussahen ...

»Fass mich ruhig an«, sagte sie. »Wir sind hier nicht im Museum.«

Ich schluckte.

Ich wusste nicht, wie ich die Sache angehen sollte.

Phyllis lächelte mich an.

Wird sich schon ergeben, sagte ich mir.

Und

es

ergab

sich

.

Als ich aufwachte, tat mir alles weh. Mein Rücken, mein Hals, mein Schädel. War ich verprügelt worden?

Phyllis räkelte sich neben mir. »Das war eine gute Nacht«, sagte sie und grinste mich an. »Du lernst schnell.«

Sie sprang auf die Beine und zog sich an.

»Äh ... danke«, sagte ich. »Ich fand's auch schön.«

Ihre Haut glänzte weich im Sonnenlicht, als sie wieder in ihre Klamotten stieg. Zwischen den Betonbröckchen auf dem Boden lag obszön mit Sperma beschmiert ein benutztes Kondom. Pink, das war mir gestern Nacht gar nicht aufgefallen. Phyllis hatte es zwischendrin aus ihrem Portemonnaie gezückt.

Meine Wangen glühten, als nach und nach die Bilder zurückkamen. Normalerweise dachte ich nicht in Bildern, aber diese hatten sich tief eingebrannt. Phyllis' kräftige Schenkel, ihre zerbrechlichen Schulterblätter, ihre superweißen Zähne ...

Ich wollte sie gerne noch mal küssen, aber ich traute mich nicht. Es war auf einmal so hell.

»Ich muss los«, sagte sie. »Hab noch Probe.«

Ich rappelte mich auf. Mein Kopf dröhnte und ich kämpfte eine Sekunde mit meinem Kreislauf. »Können wir ... vielleicht erst noch einen Kaffee trinken oder so?«

Phyllis kniete sich neben mich und wuschelte mir durchs Haar. »Sorry«, sagte sie. »Dringende Probe.« Sie stand wieder auf und benutzte ihre Handykamera als Spiegel. »Scheiße, seh ich zerknautscht aus. Du hast aber nicht vor, die Sache größer zu machen, als sie ist, oder?«

»Was meinst du damit?«, fragte ich.

»Na ja, kein großes Liebesdrama oder so was. Wir waren besoffen und hatten eine tolle Nacht, das ist alles.«

Ich schluckte. »Okay ...«

»Jetzt tu bitte nicht so, als wäre ich für dich die große Liebe«, ächzte Phyllis. »Jeder sieht doch, dass du völlig in Aida verknallt bist.«

Ich wurde rot und merkte gleichzeitig, wie mir schon bei der Nennung des Namens wieder die Tränen kamen.

Phyllis sah aus dem Fenster. »Ich hab überlegt, es dir zu sagen, weil du so fertig aussahst. Ich fand, sie ging zu weit. Hab's dann gelassen. Für DIE ZUKUNFT.«

»Was hast du überlegt mir zu sagen?«

»Versprichst du, es für dich zu behalten?«

»Ich versprech's.«

»Na schön ...« Sie schaute mich direkt an. »Aida hat gar keinen Tumor. Das hat sie sich für DIE ZUKUNFT ausgedacht.«

Mein Kopf, mein Körper, alle Wahrnehmung setzte aus, als Phyllis weitersprach: »Neo, sie spielt eine Rolle, mehr nicht. Die Idee kam uns beiden im Schauspielunterricht. Wir wollten endlich mal *richtig* berühren.«

IV
DIE ZUKUNFT

Ich renne. Meine nackten Fußsohlen brennen auf dem heißen Asphalt und übertönen damit meine Kopfschmerzen, nicht aber meine Gedanken.

Der ganze Kummer, die schlaflosen Nächte, die Tränen – es war alles nur ein Spiel, nichts davon hatte mit der Realität zu tun. Dummer, *dummer* Theo!

Auf einmal ist alles Kulisse, die vielen braunen Häuser aus Sandstein, die schnurgerade Straße, die Hausnummern, die Erker und Balkons.

Als ich eine Kreuzung überquere, knallt mir die Vormittagssonne ins Gesicht und ich kneife die Augen zusammen. Ein Typ in einem weißen BMW zischt zeternd an mir vorbei und wirft mir im Vorüberfahren einen Stinkefinger nach. Für diesen einen Moment hat Aida die Wahrheit gesagt und Tod und Leben liegen tatsächlich ganz nah beieinander, nur ein Blinzeln sind sie voneinander entfernt.

Ich renne weiter. Ich achte auf kein Schild und keine Ampel, bloß vorwärts, *vorwärts*.

Nur weg.

Mein Hemd ist vollkommen durchnässt. Es müssen um die vierzig Grad sein. Ich wechsle auf den Grasstreifen neben dem Fußweg, damit mir nicht die Füße schmelzen. Gerade noch weiche ich einer Amsel aus, die tot, doch ansonsten vollkommen unversehrt in der Sonne liegt. Ich halte an. Nur die Fliegen am Auge und die merkwürdige Flügelstellung verraten, dass sie verendet ist. Anscheinend ist sie dehydriert.

Ich weiß, wo ich hinmuss.

Es ist das erste Mal seit Langem, dass ich ohne Musik und in normalem Tempo durch die Stadt laufe.

Meine Fußsohlen schmerzen höllisch, erst jetzt nehme ich es wahr, bestimmt hat sich die Haut schon abgelöst. Alles kommt mir gleichzeitig still und laut vor. Ich sollte nach Hause. Schlafen.

Aber ich gehe nicht nach Hause, noch nicht. Ich habe noch einen Besuch zu erledigen.

Was genau soll ich Aida sagen?

Ich beschließe, mich auf die sengende Wut in mir zu verlassen. Sie ist überall, im Bauch, im Kopf, in den Beinen und in der Brust.

Nur der Kloß in meinem Hals, der ist vielleicht etwas anderes.

Aida öffnet mir in einem riesigen Männer-T-Shirt. Ihre Beine sind nackt, genauso wie ihr Schädel. Ich erkenne winzige Stoppeln auf ihrer Kopfhaut.

»Neo«, sie lächelt. »Ich hoffe, du hattest eine gute Nacht ...«

»Hör auf damit. Ich muss mit dir sprechen. Ich weiß die Wahrheit.«

Sie zieht eine Braue hoch.

»Über deine Krankheit ... oder wohl besser ... Gesundheit.«

Ihr Blick verfinstert sich. »Tratschtante Phyllis«, stößt sie hervor. »Komm rein.«

Ich setze mich nicht hin, als wir ihr Zimmer betreten. Ich habe nicht vor, es mir gemütlich zu machen, auch wenn alles um mich herum sehr gemütlich aussieht, der Sessel in der Ecke, der Stuhl, das Hochbett.

Aida bleibt ebenfalls stehen, leicht an die Wand gelehnt. Auf einmal geht sie mir gewaltig gegen den Strich, diese Lässigkeit. *Du sollst auch mal Angst haben,* denke ich. *Sollst zittern wie ich, nicht schlafen können, wie ich. Nicht gespielt. Sondern echt.*

»Warum hast du das getan?«, frage ich.

»Es zählt die Geschichte«, erwidert Aida. »Wir brauchen Geschichten, um etwas zu verändern.«

Ich schlucke. »Dir war es völlig egal, wie sehr du uns damit wehtust.« Leise füge ich hinzu: »Wie sehr du *mir* damit wehtust.«

»Ich habe dich gewarnt. Ich habe dir gesagt, dein Leben würde komplizierter werden. Du wolltest es.«

»Ich wollte, dass du mich anlügst?!«

Aida seufzt schwer. »Jede Revolution kostet Opfer«, sagt sie. »Es tut mir leid.« Fast klingt es so, als täte es ihr wirklich leid. Aber wer kann das schon sagen ... bei einer Schauspielerin.

»Revolution!«, wiederhole ich bitter. »Ein Auto haben wir geklaut und ein paar Wände beschmiert.«

»Es war ein Anfang«, entgegnet Aida. *Falls sie denn wirklich Aida heißt.* »Jede Geschichte braucht einen Anfang und jede Revolution braucht eine Geschich...«

Ich unterbreche sie. »Du hast wirklich nicht mehr alle Tassen im Schrank.«

Aida hebt bedauernd die Schultern. »Ich habe nie etwas anderes behauptet. DIE ZUKUNFT gehört nun mal den Verrückten.«

Wie es mich ankotzt, dass sie immer das letzte Wort haben muss. Dass nichts sie aus der Ruhe bringt, immer hat sie noch ein weiteres Argument, immer dreht sie alles so, dass sie selbst gut dasteht.

»DIE ZUKUNFT gibt es nicht mehr«, sage ich. »Willkommen in der beschissenen Gegenwart.«

Ich drehe mich weg, ehe sie darauf noch etwas antworten kann.

Ich will nicht, dass sie meine Tränen sieht.

Ich war allein, als ich ging. Vorher war ich auch allein gewesen, aber jetzt war ich es wirklich.

Allein.

Verloren fühlte ich mich, so entsetzlich verloren, als ich die breite Straße zurück nach Hause lief.

Auf der Brücke, die über die vierspurige Straße führte, blieb ich stehen. Mir kam ein Gedanke, der so schrecklich war, dass er mich trotz der Hitze zum Zittern brachte.

Ich kann dich verstehen, Papa. So lautete der grausige Gedanke. *Ich kann verstehen, weshalb du gegen den Pfeiler gefahren bist.*

Ich weinte nicht. Ganz ruhig war ich, als ich mit den Füßen über dem Abgrund auf der Brücke stand. Der Fahrtwind der Wagen kühlte meine vom Asphalt geschundenen Füße.

Mein Vater hatte auch immer kaputte Füße gehabt. Das war eine der wenigen Erinnerungen, die ich noch an ihn hatte. »Papa, du hast ja Blut im Schuh, wie im Märchen!«

Und wie er mich daraufhin stumm in den Arm genommen hatte. Und gesungen. *Der Mond ist aufgegangen ...*

Ich nahm mein Handy und suchte nach der Nachricht von Tofu. Etwas sagte mir, dass sie wusste, was zu tun war. Ich drückte auf Anrufen, bevor mich der Mut verlassen konnte.

Nach dem zweiten Tuten ging sie ran. »Hier ist die automatische Annahmestelle für Entschuldigungen, bitte sprechen Sie jetzt. Piep!«

Schon ihre Stimme tat mir gut. »Es tut mir leid, Tofu«, sagte ich.

Ich hörte ihr Nachdenken. »Ist okay, Theo«, sagte sie. »Du hast noch viele Jahre, kein Arschloch zu sein. Das gleicht sich also irgendwann wieder aus.«

Ich musste lächeln, trotz allem. »Danke.«

»Wo brennt's denn?«

»Woher weißt du, dass es brennt?«

»Du hättest mich sonst nicht angerufen.«

»Oh Mann, Tofu, es tut mir wirklich leid ...«

»Geschenkt. Rück endlich raus mit der Sprache. Geht's um den Wettbewerb am Montag?«

»Ja. Unter anderem.«

»Dann sprich mit Goldstein.«

»Aber Goldstein wird mir das nie verzeihen!«

»Ich hab dir doch auch verziehen, oder? Sprich mit Goldstein. Fass dir ein Herz, Theo. Wenn du eins hast.« Sie legte auf.

Zehn Minuten später rief ich Goldstein an. Die Alternative, mich vom Geländer der Brücke zu stürzen, kam mir schlimmer vor. Und wenn er mich als Schüler nicht mehr wollte, konnte ich ja immer noch springen ...

Während das Handy in meiner Hand tutete, blinzelte ich gegen das aufsteigende Wasser in meinen Augen an. Ich wünschte mir so sehr, seine Stimme zu hören, und gleichzeitig hoffte ich, er würde nicht rangehen. Wie enttäuscht er sein würde ... er hatte mir immer geraten, mich auf das, was zählt, zu konzentrieren, auf die Musik, so eindringlich hatte er es mir gesagt und ich Idiot hatte alles in den Wind geschlagen.

Es wäre nur gerecht, wenn ich ihn verpatzte, den Wettbewerb – den vielleicht wichtigsten Wettbewerb in meinem ganzen Leben!

»Cornelius Goldstein?«

Ich riss mich zusammen. »Hier ... hier ist Theo Sandmann«, stammelte ich. »Ich ... Herr Goldstein, ich schaff's nicht.«

»Was schaffen Sie nicht?«

Rotz stieg mir in die Nase. Ich war unfähig zu antworten. Ich war wie geknebelt.

»Theo? Sind Sie noch da? Was schaffen Sie nicht?«

»Alles«, brachte ich heraus und spürte mit einer schrecklichen Heftigkeit, dass ich damit wirklich *alles* meinte.

Herr Goldstein schwieg kurz. »Einen Moment«, sagte er dann. »Ich trockne mir kurz die Hände ab, ich war gerade dabei, das Aquarium zu reinigen. Ich rufe Sie in einer Minute zurück, wenn ich das Telefon nicht mehr mit zwei Fingern halten muss.«

»Danke.«

»Vielleicht sollten Sie sich auch kurz die Hände waschen. Kaltes Wasser beruhigt. Bis gleich.«

Ich nickte in den Hörer.

Während ich wartete, fiel mir ein, dass ich ihm ja gar nichts von der ZUKUNFT und Aida erzählen konnte. Nicht nach dem, was alles passiert war ...

»Also, wo brennt's?«, fragte Herr Goldstein nach einem kurzen Seufzer, der mich annehmen ließ, dass er sich auf einem Sessel niedergelassen hatte.

Ich zögerte. »Überall«, antwortete ich.

»Ich nehme an, Sie machen sich Sorgen wegen des Wettbewerbs?«

»Ja ...«, das Wort *Sorgen* kam mir völlig untertrieben vor. Ich war erledigt. Und das Schlimmste war: Ich war selber schuld. »Ich weiß nicht, wie ich es schaffen soll ...« Hoffentlich hörte er meine Tränen nicht. »Mir ist sehr viel ... dazwischengekommen.«

Er schwieg. »Und was kommt Ihnen jetzt dazwischen?«

»Wie meinen Sie das?«

»Sie haben noch ein ganzes Wochenende, das sind 48 pralle Stunden. Was kommt Ihnen dazwischen?«

Es klang nicht fordernd, wie er es fragte, überhaupt nicht. »Wann können Sie in der Hochschule sein?«

Ich stutzte. »In ... einer Viertelstunde?«

»In Ordnung«, erwiderte er, plötzlich sehr ernsthaft. »Bis gleich. Das Aquarium kann warten.«

Ich schwieg. Ich konnte es nicht fassen. »Danke«, sagte ich schließlich.

»Sicher, dass Ihnen nichts dazwischenkommt?«, fragte er, zum ersten Mal etwas schärfer. »Ihretwegen lasse ich meine Fische zurück.«

Ich spürte, wie meine Kampfgeister erwachten. Aida war vorbei. Auf den Wettbewerb kam es an. »Mir kommt nichts dazwischen«, antwortete ich mit fester Stimme.

»Na, dann freue ich mich auf Ihr Spiel. Bis gleich.«

»Danke, Herr Goldstein.«

»Eins noch«, fügte er hinzu.

»Ja?«

»Ich weiß zwar nicht, was genau mit Ihnen passiert ist. Aber ich glaube nicht, dass Sie sich etwas vorzuwerfen haben.«

Noch ein paar Sekunden lang stand ich auf der Brücke und hielt das stumme Handy in der Hand.

7

Ich lernte an diesem Wochenende einen anderen Goldstein kennen. Goldstein, den Profipianisten. Sein Blick, der sonst so verträumt aus dem Fenster schweifte, blieb heute völlig fokussiert auf mich und den Flügel.

»Normalerweise halte ich nichts von Schlafmangel und übertriebener Selbstdisziplin«, sagte er zu Beginn, ließ die Jalousie herunter und schaltete das Licht an. »Aber es gibt für alles Ausnahmen. Der menschliche Körper ist zu weitaus mehr in der Lage, als Sie und ich für möglich halten. Und diese Möglichkeiten werden wir dieses Wochenende neu ausloten. Sind Sie dazu bereit?«

Ich nickte. »Ich bin dazu bereit.«

Er sah mich scharf von der Seite an. »Gibt es noch irgendetwas, das Sie loswerden wollen? Etwas, das Sie von der Arbeit ablenkt?«

Ich schaute zu Boden.

»Sie brauchen jetzt einen freien Kopf, Theo Sandmann«, sagte er eindringlich. »Sie müssen leer sein. Was immer Sie beschäftigt, sehen Sie zu, dass Sie damit irgendwie Ihren Frieden finden. Zumindest für den Moment.«

Ich hob den Kopf. »Ist Frieden finden denn nicht nur eine weitere Lüge?« Uralt kam ich mir vor, während ich das sagte. Uralt und verbittert.

Goldsteins Blick schweifte nun doch kurz in das wogende Feld über dem Klavier, als würde er Kraft tanken.

Dann kehrte er mit dem Fokus zu mir zurück.

»Lügen«, sagte er, »heißt nur, der Wahrheit ein hübscheres Kleid anzuziehen. Die Frage ist, können Sie verzeihen?«

Ich dachte an meinen Vater und nickte.

Ich dachte an Aida und schüttelte den Kopf.

»Also, dann denken Sie jetzt schön an den Menschen, dem Sie verzeihen können, und verdrängen damit den anderen. Verdrängen ist eine der nützlichsten Erfindungen der Menschheit. Glauben Sie mir, es würde sonst keine Musik geben.«

Ich nickte.

»Und jetzt packen Sie in Gottes Namen die Noten aus! Wir haben nicht viel Zeit.«

7

Es war der Tag des Wettbewerbs. Der Konzertsaal voll besetzt. Meine Mutter und ich standen vor der Eingangstür, gleich würde es losgehen. Sie nahm meine beiden Hände und drückte sie fest.

»Für Papa«, flüsterte sie. »Trotz allem.«

Ich schüttelte den Kopf. »Nein. Für DIE ZUKUNFT.« Trotz allem.

Sie nickte mit zusammengepressten Lippen. Erst als wir uns umarmten, spürte ich, wie ihr Körper weich wurde.

Ich strich ihr über den Rücken, so wie sie es früher bei mir gemacht hatte, um mich zu beruhigen. Als wäre sie es, die einen schwierigen Auftritt vor sich hatte.

»Ich muss jetzt gehen«, sagte ich, aber da erspähte ich Tofu und winkte ihr zu. Zögernd bahnte sie sich ihren Weg durch die Sitzreihen.

»Hi, Theo«, sagte sie.

»Hi … Tofu«, antwortete ich. »Wie heißt du eigentlich richtig?«

Sie lächelte breit. »Weiyi. Ich dachte schon, du fragst nie.«

»Weiyi«, wiederholte ich. »Das kann man sicher gut singen.«

»Stellst du mir noch deine Schildkröte vor?«

»Leider geht das nicht mehr. Sie ist gestorben.«

»Oh … herzliches Beileid.«

»Danke«, sagte ich und musste auf einmal zurück an den Tag der Beerdigung denken. Ich wünschte, Weiyi wäre dabei gewesen. »Ich muss jetzt los. Aber wir sehen uns.«

Ihr Lächeln begleitete mich bis zu meinem Platz.

Kurz bevor ich mich setzen wollte, hörte ich auf einmal eine altbekannte Stimme im Rücken. »Theo Sandmann!« Ich zuckte zusammen. Es war Frau Leis, die fünf Reihen hinter mir saß.

»Ja?« Widerwillig und ein bisschen verlegen drehte ich mich um. Seit meinem Ausbruch waren wir uns nicht mehr begegnet.

Sie stakste in ihrem bodenlangen Leinenrock die Stuhlreihen entlang und die Treppen des Konzertsaals zu mir herunter. Dadurch wirkte sie noch größer, als sie es ohnehin schon war.

Schnell begann sie zu sprechen: »Theo Sandmann, ich habe viel über Sie nachgedacht. Viel. Nächtelang. Sie haben mich bewegt.« Sie klang ganz anders als ich sie kannte, während sie das sagte. Fast konnte man meinen, so etwas wie Emotion in ihren Worten zu hören. »Sie haben recht«, brachte sie wie unter Schmerzen hervor. »Das wollte ich Ihnen bloß sagen. Sie sind jung. Sie sind Künstler. Sie müssen Ihren eigenen Weg gehen. Und Sie sind einer der Wenigen hier in diesem Hause«, sie senkte die Stimme, »der den Mumm dazu hat. Das hat mich schwer beeindruckt.«

Ich starrte sie an.

»Wenn es nach mir ginge«, sagte sie, mit noch leiserer Stimme diesmal, »wenn es nach mir ginge, dann hielten Sie den Preis bereits in Händen. Bleiben Sie, wie Sie sind, Theo. Tun Sie mir den Gefallen. Diese Welt braucht Sie.« Und damit drehte sie sich hastig um und stakste auf ihren langen Beinen davon.

Goldstein wartete im Backstagebereich auf mich. Er hielt eine Kaffeetasse in der Hand.

»Es ist passiert«, sagte er. »Ich habe Spülmittel getrunken.«

Ich lachte los, trotz allem.

»Wie geht es Ihnen?«, fragte er.

»Ich habe unendliche Angst«, sagte ich.

Goldstein nickte verständnisvoll. »Ich kenne das. Zeitweise fühlt es sich wie Sterben an.«

»Was, wenn ich es nicht schaffe?«, stammelte ich. »Wenn ich es nicht schaffe, dann ...«

Goldstein schnitt mir das Wort ab. »Machen Sie einfach Musik. Alles andere wird vergehen, sobald Sie Musik machen.«

»Aber ...«

»Und atmen Sie.«

Ich wollte etwas erwidern, hielt aber stattdessen inne und atmete aus.

»Sehen Sie, Sie können es. Wer atmen kann, kann auch Musik machen.«

Ich trug ein Hemd meines Vaters, als ich auf die Bühne trat. Nicht das gelbe. Sondern ein hellgrünes. Es war mir egal, was Derek oder Michelle dazu sagen würden. Es erinnerte mich an den Wald, wo wir Panzer beerdigt hatten.

Ich lief nach vorne zum Flügel, der, wie Stenzel behauptet hatte, 360.000 Euro gekostet hatte.

Ich war der letzte Teilnehmer für heute. Der Saal war auf diese angespannte Art ruhig, wie es nur abwartende Massen sein können.

Ich setzte mich hin, legte die Hände auf die Tasten und spürte die vertrauten Umrisse unter meinen Fingern:

Weiße Taste.
   Schwarze Taste.
Weiße Taste.
   Schwarze Taste.
Weiße Taste.
Weiße Taste.
   Schwarze Taste.
Weiße Taste.
   Schwarze Taste.
Weiße Taste.
   Schwarze Taste.

Aus dem Zuschauerraum drang ein leises Knistern, vielleicht war es Michelles Kleid.

Jemand hustete.

Ich atmete ein. Ich würde es schaffen. Ich wusste es. Ich

war gut genug. Ich hatte die Takte genau im Kopf, die ich gleich spielen würde, hörte den Rhythmus bereits als Ticken im Ohr. Was hielt mich davon ab, endlich loszulegen? War es die Nervosität?

Ich hätte loslegen können, hätte endlich mein Programm präsentieren können, stattdessen machte ich einen absoluten Anfängerfehler, das Schlimmste, was man so kurz vor dem Spielen eines Konzerts tun kann: Ich schaute ins Publikum.

Sie sah ganz anders aus als sonst. Keine bunte Perücke, sondern langes, glänzendes Haar, das zu einem blonden Zopf gebunden war. Sie sah damit braver aus als sonst. Beinahe altmodisch.

Doch als sich unsere Blicke trafen, erkannte ich sie trotzdem sofort.

Ich hatte noch keinen Frieden geschlossen. Nur verdrängt. Das merkte ich jetzt ganz deutlich. Ich spürte, wie Wut in mir aufstieg, Enttäuschung, Trauer, alles gemischt. Die Worte von Goldstein kamen mir wieder in den Sinn. *Bitte vergessen Sie niemals, weshalb Sie hier sind. Das wäre sehr schade. Bitte vergessen Sie es nie.*

Meine Hände bebten, als ich die vielen Notenblätter vom Ständer sammelte und zur Seite legte. *Verzeih mir, Goldstein.*

Ich spielte nicht das Stück, das ich vorbereitet hatte.

Ich spielte Panzers Requiem.

Ein wenig ist es wie in meiner ersten Stunde: Keine Noten, nur eine Stimme aus meinem Gedächtnis.

Zielstrebig greife ich in die Tasten, die Augen halb geschlossen.

Ich weiß genau, wie es klingen muss, denn ich habe Aidas Singen im Ohr. Wenn es mir nur gelingt, den Klang in meinem Kopf auch dem Klavier zu entlocken ...

Plötzlich bin ich kein Pianist mehr, ich bin ein Maler. Vor meinem inneren Auge steht ganz deutlich das Bild, *Aida singt an Panzers Grab im Abendlicht*, jetzt muss ich es nur noch auf die Leinwand bannen.

Erste Töne perlen aus den Tasten und ergießen sich über das Parkett. Warm wie Sommerwind und glasklar. Ich sauge die Luft ein.

Ja, denke ich, und eine Welle des Glücks schießt durch meinen Körper wie in dem Moment, als Aida mich auf die Stirn geküsst hat. *Ja, genau so.*

Ich greife kräftiger in die Tasten.

Die Aida aus meinem Bild hat nie gelogen. Sie ist noch immer die Anführerin der ZUKUNFT, unbeugsam und von niemandem aufzuhalten. Tapfer ist sie und trotzdem gütig. Voller Ideale und dennoch nie um einen Scherz verlegen. Sie verkörpert alles, was ich liebe. Sie ist überirdisch schön, mitreißend und sexy. Eine pulsierende Hoffnung, die Hoffnung, alles könnte besser werden, nicht eines Tages, sondern bald, *ja, jaa, jaaa!*

Ich merke, wie sich etwas an der Atmosphäre im Raum verändert. Die Geräusche aus dem Zuschauerraum verschwinden, sogar die allerkleinsten, alles macht Platz für meine Töne.

Aus dem Nichts erfasste mich eine tiefe Dankbarkeit. Die Stimme, die wirklich die Königin der Instrumente ist, sie hat mir etwas abgegeben von ihrer Macht.

Währenddessen scheint sich der Konzertsaal immer mehr auszudehnen, die Wände fahren auseinander, bis es gar keinen Saal mehr gibt, nur mich und den Flügel und drum herum das Universum. *Ich bin richtig,* denke ich. *Ich bin hier richtig. Ich bin hier ganz genau richtig.*

Doch das eigentliche Wunder wird erst passieren, wenn ich mit dem Stück am Ende bin:

Meine Finger werden einfach weiterspielen.

Sie werden Tonfolgen erfinden, die ich noch nie zuvor gehört habe, nicht von Goldstein, nicht von Aida, auch nicht von Otis Redding. Obwohl von jedem von ihnen etwas in den Melodien enthalten ist, sind sie doch ganz neu. Kein Mensch hat sie je gehört, nicht einmal ich selbst, nicht einmal als Träumerei im Kopf. Es ist nicht Klassik, nicht Jazz und auch kein Pop. Es wird ... auf einmal wird alles ganz leicht sein, viel leichter, als ich es je für möglich gehalten hätte. Ja, ich werde so leichtfüßig auf den Tasten tanzen wie Phyllis und Valentin damals auf dem Hochhaus. Halsbrecherisch nah an der Kante und vielleicht gerade deshalb so frei!

Und wie bei dem Dachtanz werde ich voller Staunen sein, so *überirdisch* kommt mir das Ganze vor, nur dass ich diesmal kein Zuschauer sein werde. Diesmal werde ich selbst ein Teil davon sein. Und auf einmal spüre ich es ganz deutlich:

WIR
SIND
DIE
ZUKUNFT!

Und vielleicht ist das auch gleichzeitig der Moment,
in dem ich aufhören werde

... mich zu fürchten.

NACHWORT

Es war der Titel, der mich dazu gebracht hat, an diesem Roman dranzubleiben. Ich glaube, er fiel mir irgendwann während der Schulzeit ein, lange vor Greta Thunbergs alarmierender erster Rede, vor der Pandemie, vor den Überschwemmungen in meiner Heimat und vor Putins Überfallkrieg.

Ich gehöre zu der Generation, die immer eingetrichtert bekommen hat, dass in uns Potenzial steckt, dass wir die Zukunft sind und alles besser machen ... ja, müssen. Denn sonst kollabiert unsere gesamte Erde.

Ich würde uns als zerrissene, widersprüchliche Generation bezeichnen. Hin- und hergeworfen zwischen Idealismus und Selbstzweifel, zwischen Dankbarkeit für unsere Privilegien und totaler Überforderung angesichts der riesenhaften Aufgaben unserer Zeit. Wir alle werden sehr kritisch beäugt, am kritischsten wohl von uns selbst.

Nachdem wir jahrelang Fakten eingetrichtert bekommen haben, müssen wir nach der Schule langsam begreifen, dass es die absolute Wahrheit nicht gibt, dass die Welt komplexer ist als eine Klausur sie wiedergeben kann. Dieser Prozess ist beängstigend, aber auch befreiend. Ich selbst stecke noch mittendrin, obwohl ich inzwischen wohl an einem anderen Punkt stehe als vor vier Jahren, als ich diesen Roman anfing.

Ich wünsche dir Mut, lieber Leser!
Ich wünsche dir Mut, liebe Leserin!

Und außerdem wünsche ich dir von ganzem Herzen, dass du dich nicht einlullen lässt, von niemandem. Etwas in dir weiß, wo es langgeht. Ist diese Stimme auch noch so leise, es ist deine und das ist die Hauptsache.

Wenn ich dir noch etwas mit auf den Weg geben darf, dann vielleicht, dass es eine große Freude sein kann, ihn zu gehen. Und das geht nicht mit Hektik. Nicht mit gegenseitigem Vergleichen oder einsamer Verbissenheit. Sondern am besten mit Offenheit und wunderbaren Gefährten und Gefährtinnen an der Seite. Es ist unglaublich, aber in unserer hektischen Welt ist es manchmal schon eine kleine Revolution, sich nicht aus der Ruhe bringen zu lassen!

Ich schreibe dieses Nachwort übrigens vor einer schneebedeckten Bergkulisse in Polen. Ich verbringe hier eine kreative Zeit mit anderen Künstlern, ganz ohne Stundenplan und ohne Hierarchien. Möglich ist so vieles!

Ich habe es nie bereut, mein Studium an der Kunsthochschule abgebrochen zu haben. Denn eigentlich habe ich es nie abgebrochen. Ich habe mich nur von der Institution befreit, nicht von dem Studium. Das Lernen geht weiter... es bleibt weiter spannend.

Mit den besten Wünschen für die Zukunft, vor allem aber für die Gegenwart!

– Eure Lea-Lina

Lea-Lina Oppermann

Lea-Lina Oppermann wurde am 1. April 1998 in Berlin geboren. Sie wuchs in Hennef auf und verfasste dort während der Schulzeit ihr Debüt *Was wir dachten, was wir taten* (ausgezeichnet mit dem Hans-im-Glück-Preis und dem Wi(e)derworte-Preis der Stadt Monheim am Rhein). Vier Jahre verbrachte sie an einer staatlichen Hochschule für Musik und darstellende Kunst. Inzwischen lebt sie in Leipzig.

Lea-Lina Oppermann

Fürchtet uns, wir sind die Zukunft

Hörbuch-Download, 320 Minuten
(ab 14), Beltz & Gelberg 75619
Erhältlich als Download auf beltz.de
und überall wo es Hörbücher gibt.
Im Streaming bei Spotify und bei allen
bekannten Streaming-Anbietern.

Als der Klavierstudent Theo auf die charismatische Aida trifft, stürzt sein Weltbild in sich zusammen. Aida kämpft mit der ZUKUNFT gegen die Machtstrukturen an der Akademie. Die Studenten prangern Missstände an, wollen wachrütteln und das Leben feiern. Fasziniert lässt sich Theo von Aidas feurigen Reden mitreißen und folgt den waghalsigen Aktionen der ZUKUNFT. Bis er etwas Ungeheuerliches erfährt.

Ein mitreißendes Hörbuch, dass das radikale Lebensgefühl einer Generation transportiert. Fesselnd untermalt mit Klaviermusik von Jonathan Hanke, herausragend gelesen von Stefan Kaminski und Elena Berthold.

Lea-Lina Oppermann
Was wir dachten, was wir taten

Roman, 179 Seiten (ab 14), Gulliver TB 74963
Ebenfalls als E-Book erhältlich (74770)

Amokalarm. Eine maskierte Person dringt ins Klassenzimmer ein und diktiert mit geladener Pistole Aufgaben, die erbarmungslos die Geheimnisse aller an die Oberfläche zerren. Arroganz, Diebstähle, Mitläufertum, Lügen – hinter sorgsam gepflegten Fassaden tun sich Abgründe auf. Fiona ist fassungslos, unfähig zu handeln, Mark verspürt Genugtuung und Herr Filler schwankt zwischen Wut und Passivität. Bald sind die Grenzen so weit überschritten, dass es für niemanden mehr ein Zurück gibt.

Dominik Bloh
Unter Palmen aus Stahl
Die Geschichte eines Straßenjungen

Mit Fotos, 184 Seiten (ab 14), Gulliver TB 81256

Dominik Bloh war noch ein Teenager, als seine Geschichte auf den Straßen Hamburgs begann. Seine Kindheit war geprägt von Lügen, Gewalt und Drogen. Mit 15 sind Gangster seine Idole, mit 16 wirft ihn die psychisch kranke Mutter aus der Wohnung. Es folgt der freie Fall in die Obdachlosigkeit: nicht wissen, wohin, ständig in Bewegung sein, Hunger, Kälte und Einsamkeit. Trotz allem versucht er, ein Maß an Normalität aufrechtzuerhalten. Zwischen Schule, Hip-Hop, Basketballplatz und dem Überlebenskampf auf der Straße.

GULLIVER   www.beltz.de
Beltz & Gelberg, Postfach 10 01 54, 69441 Weinheim